# 신의 아이

# CHILD OF GOD

## CORMAC McCARTHY

코맥 매카시 장편소설

정영목 옮김

문학동네

일러두기

주석은 모두 옮긴이주다.

차
례

1부

그들은 카니발 사람들을 태운 캐러밴처럼 찾아왔다. 아침해를 받으며 쇠풀이 무성한 저지대를 통과해 서서히 올라와 언덕을 가로질러 다가왔다. 트럭은 길의 바큇자국 때문에 앞뒤 좌우로 흔들렸고 짐칸 의자에 앉은 음악가들은 비틀거리면서 악기 음을 맞추었다. 기타를 든 뚱뚱한 남자는 뒤에 오는 차의 다른 사람들에게 싱글거리며 손짓을 하다가 허리를 굽혀, 줄감개를 돌리며 주름진 얼굴로 귀를 기울이는 바이올린 연주자에게 음 하나를 쳐주었다. 그들은 꽃이 피는 사과나무들 밑을 거쳐 주황색 진흙으로 틈을 메운 작은 통나무집을 지나 개울을 건너서 산의 벽 아래 파란 그늘 속에 서 있는 오래된 미늘벽 판자집이 보이는 곳에 이르렀다. 집 너머에는 헛간이 있었다. 트럭에 탄 남자들 가운데 하나가 주먹으로 운전석 지붕을 쿵 때리자 트럭이 멈추었다. 차와 트럭들이 마당의 잡초들을 헤치며 다가오고 사람들은 걸어서 왔다.

아무 소리도 없던 목가적인 아침으로부터 이런 것들이 나타나는 것을 헛간 문 앞에서 지켜보고 있는 남자가 있다. 그는 작고 깨끗하지 않고 면도를 하지 않았다. 그는 흉포를 억누른 채 먼지들 사이의 마른 왕겨를 밟으며 얇고 좁은 널 같은 햇살 사이를 움직인다. 색슨과 켈트 혈통. 아마도 당신과 다를 바 없을 하느님의 자녀child of God. 연속해서 섬광이 터지듯 헛간의 얇고 좁은 널 사이로 비쳐 드는 빛으로 이루어진 사다리를 통과하는 말벌들이 검음과 검음 사이에서 황금빛으로 떨려, 마치 위쪽의 빽빽한 어둠 속 개똥벌레들 같다. 남자는 말에 올라앉은 듯 다리를 벌리고 서서 거무스름한 부식토 속에 더 거무스름한 웅덩이를 만들어놓았고, 그 속에서 희끄무레한 거품이 지푸라기 조각들을 붙들고 소용돌이를 일으킨다. 그가 청바지의 단추를 채우며 헛간 벽을 따라 움직이자 몸에 가늘고 검은 빛의 줄무늬가 그려지고, 벽 쪽을 향하는 그의 눈에 작은 짜증이 슬쩍 나타났다 사라진다.

취수지取水池 문간에 서서 그는 눈을 깜빡인다. 그의 뒤로 다락에서 늘어진 밧줄이 있다. 빳빳한 수염이 엷게 덮인 턱이 뭔가를 씹는 것처럼 오므라들었다 풀렸다 하지만 씹고 있는 것은 아니다. 햇빛 때문에 눈은 거의 감겨 있지만 파란 핏줄이 드러난 얇은 눈꺼풀 너머로 눈알이 움직인다는 것, 지켜보고 있다는 것을 알 수 있다. 트럭 짐칸에서 파란 양복을 입은 남자가 손짓을 한다. 레모네이드 가판대가 서고. 악사들은 시골 춤곡을 연주하고 마당은 사람들로 채워지고 확성기가 켜지면서 꽥꽥 소리를 몇 번 내지르고.

좋아 이제 모두 이곳으로 올라와서 등록을 하자고, 일 달러 은화를 거저 줄 테니. 바로 이 위로. 그렇지. 어떻게 지내시나요 귀여운 아가씨? 그래 좋아요. 네엣. 자 좋아. 제시? 다 됐어⋯⋯? 자 좋아. 제스하고 사람들이 안을 보고 싶어하는 사람들을 위해서 집 문을 열어놨어. 그래 됐어. 이제 곧 여기서 음악을 좀 연주할 거니까 다들 제비를 뽑기 전에 등록을 하면 좋겠어. 네엣? 그게 뭐죠? 네엣, 맞습니다. 맞습니다 여러분, 먼저 구역을 경매할거고, 그다음에 전체를 경매할 기회가 있을 겁니다. 자 길 양쪽으로 다예요. 똑바로 개울을 가로질러 저기 저 너머 건너편 커다란 목재용 나무들까지 이어집니다. 네엣. 바로 할 겁니다.

절하고, 가리키고, 미소 짓고. 한 손에는 마이크. 산마루의 소나무들 사이에 경매인의 목소리가 막힌 채 메아리치고 겹쳐지고. 여러 목소리 같은 착각, 낡은 폐허들 사이에서 들리는 유령의 합창.

자 여기 위에도 좋은 나무가 있습니다. 정말 좋은 나무. 십오 이십 년 전에 쳐놓은 것이라 어쩌면 아직은 큰 나무가 아닐 수도 있지만, 여길 보세요. 여러분이 밤에 저 아래 침대에 누워 있는 동안 여기 위에서는 이 나무가 자랍니다. 네엣. 진지하게 하는 애깁니다. 이 땅에 진짜 미래가 있습니다. 이 골짜기에서 찾을 수 있는 어느 것에도 뒤지지 않는 좋은 미래. 어쩌면 그 이상. 친구들, 이런 땅조각의 가능성에는 한계가 없습니다. 돈이 한푼이라도 더 있으면 내가 사겠습니다. 내가 가진 모든 돈은 마지막 한푼까지 부동산에 들어가 있다는 걸 여러분도 모두 알 거라고 믿습니다. 내가 번 모든 돈이 부동산에서 나왔다는 것도요. 만일 나한테 백만 달러가 있다면 구십 일 안에 마지막 한푼까지 부동산에 투자할 겁니다. 여러분도 모두 그걸 알고 있지요. 그건 올라가는 것 외에 다른 길이 없습니다. 여기 이런 땅은 내가 진심으로 믿는데 투자액의 십 퍼센트는 안겨줄 겁니다. 어쩌면 그 이상. 어쩌면 무려 이십 퍼센트. 여기 아래 이 은행에 넣어둔 여러분 돈은 절대 그렇게 해주지 않습니다. 그건 여러분도 모두 알고 있지요. 땅보다 착실한 투자는 없습니다. 땅. 일 달러로 예전에 사던 것만큼 사지 못한다는 건 여러분도 모두 알고 있지요. 지금 일 달러가 앞으로 일 년 뒤면 오십 센트 가치밖에 안 될지도 몰라요. 여러분도 모두 그걸 알고 있지요. 하지만 부동산은 올라갑니다, 위로, 위로.

친구들, 육 년 전 우리 삼촌이 여기 아래쪽 프레이터라는 데를 샀을 때 다들 말리려고 했습니다. 그런데 삼촌은 백구십오를 주고 그 농장을 사요. 내 일은 내가 알아 하면서 말이지요. 그래서 거기가 어떻게 됐는지 여러분 모두 알고 있지요. 네엣. 삼만팔천에 팔렸습니다. 이런 땅 한 조각이…… 자 좀 개선이 필요하긴 하지요. 거치니까. 그래 맞습니다. 하지만 친구들 여러분은 여기에 넣는 돈을 두 배로 불릴 수 있습니다. 부동산 한 조각, 특히 이 골짜기, 이건 여러분이 할 수 있는 가장 착실한 투자입니다. 달러만큼이나 확실하지요. 지금 아주 진지하게 말하는 겁니다.

소나무들 속에서 목소리들이 사라진 호칭기도를 읊조렸다. 이윽고 소리가 멎었다. 웅얼거리는 소리가 군중 사이로 퍼져나갔다. 경매인의 마이크는 이제 다른 남자에게 넘어가 있었다. 다른 남자가 말했다. 저기 보안관을 불러, C B.

경매인은 그에게 손을 젓고 그 앞에 서 있는 남자에게 허리를 굽혔다. 면도를 제대로 하지 않았고, 지금은 라이플을 들고 있는 작은 남자.

왜 그래, 레스터?

말했잖아. 내 땅에서 네 염병할 엉덩이 치우라고. 그리고 이 바보들도 데려가라고.

입조심해, 레스터. 여기 숙녀들도 계셔.

누가 계시든 좆도 상관 안 해.

여긴 네 땅이 아니야.

아니라니 염병 뭔 소리야.

너 이 문제로 벌써 한 번 들어갔다 왔잖아. 또 가고 싶은 모양
이지. 보안관이 바로 저기 서 있잖아.

보안관이 어디에 있든 지랄 염병 상관 안 해. 그냥 너희 개자
식들이 내 염병할 땅에서 꺼지기를 바랄 뿐이야. 알아들어?

경매인은 트럭의 짐칸 뒷문에 쭈그리고 앉아 있었다. 그는 자
기 신발을 내려다보며 느긋하게 대다리에서 마른 진흙을 빼냈
다. 다시 라이플을 든 남자를 보았을 때 경매인은 웃음을 짓고
있었다. 그가 말했다. 레스터, 정신 똑바로 차리지 않으면 너 고
무 방*에 처박히게 돼.

남자는 한 손에 라이플을 켠 채 한 걸음 뒤로 물러났다. 그는
쭈그려앉았다시피 몸을 웅크리며 마치 다가오지 말라고 저지하듯
손가락을 쫙 펼친 빈손을 군중을 향해 내밀었다. 그 트럭에서 내
려와, 그가 작지만 날카로운 소리로 말했다.

---

* 정신병자를 가두는, 벽에 쿠션을 댄 방.

트럭 위의 남자는 침을 뱉더니 눈을 가늘게 뜨고 그를 보았다. 뭘 하려는 거야, 레스터, 나를 쏘려고? 내가 너한테서 네 땅을 빼앗은 게 아니야. 카운티에서 그런 거야. 나는 그냥 경매인으로 고용된 사람일 뿐이라고.

그 트럭에서 내려.

그의 뒤에 있는 악사들은 옛날 카운티 장터 사격장에 있던 자기로 만든 작품들처럼 보였다.

저자는 미쳤어, C B.

C B가 말했다. 나를 쏘고 싶으면, 레스터, 내가 지금 있는 곳으로 그냥 쏴. 네가 뭐라든 나는 아무데도 가지 않을 거니까.

레스터 밸러드는 그 일 이후로 단 한 번도 머리를 제대로 가누지 못했어. 그때 목이 어느 쪽으로든 뽑혀버린 게 틀림없어. 나는 버스터가 그 녀석을 때리는 건 보지 못했지만 녀석이 땅바닥에 누워 있는 건 봤지. 나는 보안관과 함께 있었어. 녀석은 땅바닥에 뻗어 풀린 눈으로 모든 사람을 쳐다보았고 머리에는 그 끔찍한 혹이 불거져 있었어. 녀석은 그냥 거기 누워 있었고 귀에서 피가 흘렀어. 버스터는 도끼를 쥔 채 거기 그대로 서 있었지. 사람들은 녀석을 카운티에서 온 차에 태웠고 C B는 아무 일도 없었던 것처럼 경매를 이어나갔지만 다른 때라면 입찰을 했을 사람들 몇 명이 그 일 때문에 입찰을 하지 않았다고 그러더군. 이것이 레스터가 애초에 노린 것일 수도 있지만, 나는 모르겠어.

존 그리어는 위쪽 그레인저 카운티 출신이었어. 그에게 불리한
말을 하자는 건 아니지만 어쨌든 그건 사실이었어.

프레드 커비는 앞마당 수도꼭지 옆에 쭈그리고 앉아 있었는데 밸러드가 지나갈 때면 꼭 거기 앉아 있곤 했다. 밸러드가 길 한 복판에 서서 그를 쳐다보았다. 밸러드가 말했다. 어이 프레드.

커비는 손을 들어올리고 고개를 끄덕였다. 올라와, 레스터, 그가 말했다.

밸러드는 비탈을 수직으로 쳐낸 곳까지 다가와 커비가 앉아 있는 자리를 올려다보았다. 그가 말했다. 위스키 좀 있어?

조금 있을지도.

한 병 주지 그래.

커비는 일어섰다. 밸러드가 말했다. 돈은 다음주에 줄 수 있어. 커비가 다시 쭈그리고 앉았다.

내일 줄 수 있어, 밸러드가 말했다.

커비는 고개를 한쪽으로 돌리고 엄지와 검지 사이에 코를 꽉 쥐고 재채기로 노란 콧물 방울을 풀 속으로 날린 다음 손가락을 청바지 무릎에 닦았다. 그는 들판을 내다보았다. 그렇겐 못해, 레스터, 그가 말했다.

밸러드는 커비가 거기에서 무엇을 보고 있었는지 보려고 몸을 반쯤 돌렸지만 똑같은 산들 말고는 아무것도 없었다. 밸러드는 발을 움직이고 호주머니에 손을 집어넣었다. 물물교환 할래? 그가 물었다.

그럴 수도 있지. 뭐가 있는데?

여기 이 주머니칼이 있어.

어디 봐.

밸러드는 칼을 펼쳐서 커비가 있는 비탈 위로 던졌다. 칼은 그의 신발 옆 땅에 꽂혔다. 커비는 잠시 그것을 보다가 아래로 손을 뻗어 뽑은 날을 무릎에 닦고 거기 새겨진 이름을 보았다. 그는 칼을 접었다 다시 편 다음 신발 바닥에서 얇게 껍질을 벗겨냈다. 좋아, 그가 말했다.

그는 일어서서 호주머니에 칼을 넣고 도로를 건너 개울 쪽으로 갔다.

밸러드는 그가 들판 가장자리를 따라 돌아다니며 덤불과 인동을 걷어차는 것을 지켜보았다. 한두 번 뒤를 돌아보기도 했다. 밸러드는 멀리 푸른 언덕 쪽을 지켜보고 있었다.

잠시 후 커비는 돌아왔지만 위스키는 보이지 않았다. 그는 밸러드에게 칼을 돌려주었다. 못 찾겠어, 그가 말했다.

못 찾아?

응.

이런 똥불.

나중에 좀더 뒤져볼게. 감출 때 취했었나봐.

어디에 숨겼는데?

모르겠어. 바로 찾을 수 있을 줄 알았는데 내가 뒀다고 생각한 곳에 두지 않은 모양이야.

이런 염병.

못 찾으면 좀더 구해볼게.

밸러드는 칼을 호주머니에 넣고 몸을 돌려 다시 도로로 돌아갔다.

옥외변소에 남은 것은 늙은 판자 조각 몇 개뿐으로 싱싱한 이끼가 덮인 채 얕은 구멍에 쓰러져 있었고 구멍에서는 잡초들이 지나치게 큰 돌연변이 싹을 틔우고 있었다. 밸러드는 지나가다 헛간 뒤로 가 흰독말풀과 까마중 무더기를 밟아 공간을 만들고 쭈그리고 앉아 똥을 누었다. 먼지 낀 뜨거운 고사리 사이에서 새 한 마리가 노래를 불렀다. 새는 날아갔다. 그는 나무토막으로 밑을 닦고 일어서서 땅바닥의 바지를 끌어올렸다. 벌써 녹색 파리들이 덩어리진 거무스름한 대변 위로 기어오르고 있었다. 그는 바지 단추를 채우고 집으로 돌아갔다.

이 집은 방이 둘이었다. 방마다 창이 두 개. 뒤를 내다보면 잡초들이 집 처마 높이로 단단한 벽을 이루고 있었다. 앞쪽에는 포치와 더불어 잡초가 또 있었다. 도로에서 사분의 일 마일 떨어진 곳을 지나가는 사람들은 회색 셰이크 지붕*과 굴뚝을 볼 수 있었지만 그 이상은 볼 수 없었다. 밸러드는 잡초를 짓밟으며 좁은 길을 걸어 뒷문에 이르렀다. 포치 구석에 말벌집이 매달려 있어 두들겨 떼어냈다. 말벌들이 한 마리씩 나와 날아갔다. 밸러드는 안으로 들어가 판지로 바닥을 쓸었다. 낡은 신문지를 쓸어 치우고 여우와 주머니쥐의 마른 똥을 밖으로 쓸어내고 판자 천장에서 검은 애벌레 껍질들과 함께 떨어진 벽돌색 진흙 조각들을 밖으로 쓸어냈다. 창문을 닫았다. 남아 있던 유리창 하나가 바싹 마른 창틀에서 소리 없이 기울더니 그의 두 손으로 떨어졌다. 그는 유리를 창턱에 세워두었다.

노爐에는 벽돌더미와 모르타르 점토가 있었다. 반만 남은 철제 장작 받침대. 그는 벽돌들을 밖으로 내던지고 점토를 치우고 두 손과 정강이뼈를 바닥에 댄 다음 목을 길게 빼고 굴뚝 위를 보았다. 눈곱이 많이 낀 빛의 조각 안에 거미가 한 마리 대롱거렸다. 흙과 오래된 나무 연기의 고약한 냄새. 그는 신문지들을 뭉쳐 노에 넣고 불을 붙였다. 천천히 타올랐다. 작은 불길이 퍼덕이다가 가장자리와 모서리를 따라 먹어들어갔다. 신문이 시커

*통나무를 쪼개 만든 지붕널을 얹은 지붕.

메지고 구부러지고 몸을 떨었으며 거미는 줄에 매달린 채 내려와 재가 깔린 노 바닥에서 몸을 웅크리고 쉬었다.

오후 늦게 때 묻은 이불잇이 덮인 작고 얇은 매트리스가 덤불을 건너 오두막으로 향했다. 매트리스는 레스터 밸러드의 머리와 어깨에 올라탄 채 질질 끌려왔고 그가 청미래덩굴과 블랙베리를 향해 내뱉는 욕설은 매트리스에 막혀 누구의 귀에도 닿지 않았다.

오두막에 이르자 그는 매트리스를 바닥에 던졌다. 먼지가 밑에서 불길처럼 피어올라 찻종 모양으로 휜 바닥 판들을 따라 굴러가다 가라앉았다. 밸러드는 셔츠 앞자락을 들어올려 얼굴과 머리에서 땀을 닦았다. 반쯤 미친 것처럼 보였다.

어두워지면서 텅 빈 방안 자신의 주위에 소유한 모든 것이 다 놓이자 그는 램프를 켠 다음 바닥 한가운데 놓았고 이제 그 앞에 책상다리로 앉아 있었다. 얇게 썬 감자를 옷걸이에 꿰어 등피 위쪽에 들고 있었다. 감자가 시커메지자 칼을 사용해 철사에서 접시로 밀어낸 다음 하나를 찔러 후후 불며 베어 물었다. 그는 앉은 채 입을 벌리고 공기를 빨아들였다 내보냈고 감자 조각은 그의 아랫니 위에 얹혀 있었다. 그는 감자를 씹으며 뜨겁다고 욕을 했다. 가운데는 익지 않았고 석탄 기름 맛이 났다.

그는 감자를 먹은 뒤 담배를 한 대 말아 등피 테두리를 핥으며 흔들리는 가스 원뿔 위에 대고 불을 붙인 다음 앉아서 연기를 빨았다가 입술, 콧구멍으로 구불구불 내보내고 새끼손가락으로 재를 바짓단에 천천히 떨었다. 모은 신문지들을 펼치고 그 위에 대고 툴툴거렸으며, 입술이 말을 만들고 있었다. 오래전에 죽은 사람들 소식, 잊힌 사건, 특허 약과 가축 매매 광고. 그는 담배가 손가락들 사이에서 다 타 꽁초가 될 때까지, 재가 될 때까지 담배 연기를 바짝 빨아들였다. 아주 희미한 주황색 빛만 등피의 아래쪽 통을 물들일 때까지 심지를 낮추고 나서 브로건*과 바지와 셔츠를 벗고 양말 외에는 알몸뚱이로 매트리스에 누웠다. 사냥꾼들이 장작으로 쓰려고 안쪽 벽에서 판자를 대부분 벗겨가버렸고 창문 위의 헐벗은 상인방에는 검은 뱀의 배와 꼬리 가운데 일부가 아래로 늘어져 있었다. 밸러드는 일어나 앉아 다시 램프 심지를 올렸다. 일어서서 뱀의 옅은 파란색 아랫배로 손을 뻗어 손가락으로 찔러보았다. 뱀은 앞쪽으로 재빨리 움직이다가 쿵 하고 바닥에 떨어져 도랑을 흐르는 잉크처럼 판자들 위를 빠르게 움직이더니 문밖으로 나가 사라졌다. 밸러드는 매트리스에 도로 앉아 다시 램프 심지를 낮추고 드러누웠다. 더운 정적 속에서 모기들이 윙윙거리며 다가오는 소리가 들렸다. 그는 누운 채 귀를

---

* 작업용 가죽 단화.

기울였다. 잠시 후 몸을 돌려 엎드렸다. 잠시 후에는 다시 일어나서 벽난로 옆에 서 있던 라이플을 가져와 바닥의 매트리스 옆에 뉘어놓고 다시 몸을 뻗었다. 목이 몹시 말랐다. 밤에는 죽은 사람처럼 입을 벌린 채 거기 드러누워, 얼음처럼 차갑고 검은 산물이 흐르는 개울 꿈을 꾸었다.

녀석이 전에 한 짓 한 가지가 기억나. 나는 저쪽 십번가에서 녀석과 함께 자랐어. 학교는 내가 먼저 들어갔지. 그 녀석이 도로에서 내려선 곳에서 소프트볼을 하나 잃어버렸는데 공은 굴러서 들판으로 들어갔어…… 찔레 같은 것이 무성한 곳까지 멀리 굴러갔는데 녀석은 그 아이, 피니라는 아이한테 가서 그걸 가져오라고 했어. 피니는 녀석보다 약간 어렸지. 그 아이에게 말했어. 가서 저 소프트볼을 가져와. 피니는 가지 않으려 했어. 레스터가 그에게 다가가 말했어. 가서 저 공을 가져오는 게 좋을걸. 피니는 하지 않겠다고 했고 레스터는 한번 더 말했지. 저기 내려가서 그 공 나한테 가져오지 않으면 네 아가리를 박살내버릴 거야. 그 피니라는 아이는 무서웠지만 녀석에게 맞서서 그 공을 자기가 거기로 던진 게 아니라고 했어. 그래, 우리는 거기 서 있었어, 다들 그러듯이. 밸러드는 그냥 내버려둘 수도 있었을 거야. 그 아이가 자기가 요청한 일을 하지 않겠다는 걸 알았으니까. 녀석은 그냥 잠시 거기 서 있더니 아이의 얼굴을 주먹으로 갈겼어. 피니의 코에서 피가 튀었고 아이는 도로에 주저앉았어. 잠깐 그러다가 일어섰지. 누군가 아이에게 손수건을 주었고 아이는 그걸 코에 갖다댔어. 코는 잔뜩 부어올랐고 피가 계속 흘렀어. 피니는 그냥 레스터 밸러드를 흘끗 보고 길을 따라 계속 걸어갔어. 나는 기분이, 나는 기분이…… 그게 뭐였는지 모르겠어. 우리는 그냥 기분이 정말 나빴어. 그날부터 나는 레스터 밸러드를 좋아한 적이 없어. 그전에도 별로 좋아한 적은 없지만. 녀석이 나한테 무슨 짓을 한 적은 한 번도 없었어.

벨러드는 밤의 습기 속에 엎드려 있었고 심장은 땅에 대고 망치질을 했다. 그는 프로그산에서 차를 돌리는 공터를 둘러싸고 있는 기울어진 잡초들이 만든 성긴 울타리 너머로 주차된 차 한 대를 지켜보고 있었다. 차 안에서 담뱃불이 너울거리다 꺼졌고 심야 DJ는 뒷좌석에서 이루어지는 유혹에 관해 아무 생각 없이 수다를 떨었다. 맥주 캔 하나가 자갈에서 달그락거렸다. 노래하던 흉내지빠귀가 멈추었다.

그는 도롯가에서부터 몸을 구부린 채 성큼성큼 뛰어 다가갔다. 자동차의 먼지 낀 차가운 뒤쪽 펜더에 달라붙는 그림자 하나. 그의 숨은 얕았고 눈은 커졌으며 귀는 라디오에서 나는 소리와 목소리를 구분하기 위해 바짝 세우고 있었다. 젊은 여자는 보

비라는 말을 했다. 이윽고 그녀는 그 말을 다시 했다

밸러드는 차의 뒤쪽 측면에 귀를 댔다. 차가 부드럽게 흔들리기 시작했다, 그는 몸을 일으켜 혹시 하는 마음에 창문 구석에 안쪽 눈을 들이댔다. 하얀 다리 한 쌍이 검은 그림자를 끌어안고 있었다. 침을 질질 흘리는 욕정의 꿈 속에 등을 둥그렇게 구부리고 나타나는 거무스름한 몽마夢魔.

깜둥이네, 밸러드가 작은 소리로 말했다.

오 보비, 오 하느님, 여자가 말했다.

밸러드는 아래를 까고 펜더에 사정했다.

이런 젠장, 여자가 말했다.

힘이 풀리는 무릎으로 버티면서, 지켜보던 자는 계속 지켜보았다. 흉내지빠귀가 울기 시작했다.

깜둥이, 밸러드가 말했다.

하지만 창에 어렴풋이 나타난 것, 유리 뒤 그곳에서 아주 거대해 보이는 것은 검은 얼굴이 아니었다. 잠시 그들은 얼굴을 마주보았고 밸러드는 곧 땅으로 푹 꺼졌다. 심장이 쿵쾅거렸다. 작게 딸각하는 소리와 함께 음악이 끝났고 다시 시작되지 않았다. 차의 반대쪽 문이 열렸다.

밸러드, 엉뚱한 곳에 들어선 사랑 없는 유인원의 형체는 왔던 것처럼 허둥지둥 진흙과 얇게 깔린 자갈과 납작해진 맥주 캔과 종이와 썩어가는 콘돔을 넘어 공터를 가로질렀다.

　도망치는 게 좋을걸, 이 개자식.

　그 목소리는 밀려가다 산에 부딪혀 방향과 위협을 잃어버리고 돌아왔다. 이내 정적, 그리고 검은 한여름 밤공기 속 인동의 푸짐한 꽃뿐이었다. 차가 출발했다. 불이 들어오고 한 바퀴 원을 그리더니 도로를 따라 내려갔다.

나도 잘 모르겠어. 사람들 말로는 아빠가 자살한 뒤부터 녀석은 전혀 온전치 않았다고 해. 거긴 아들 하나뿐이었어. 어머니는 그전에 도망갔는데 어디로 갔는지 누구하고 갔는지는 몰라. 나하고 세실 에드워즈가 줄을 잘라 노친네를 내려준 사람들이야. 녀석은 가게로 들어와 밖에 비가 온다고 말하듯 그 얘기를 했어. 우리는 그리로 올라가 헛간으로 걸어들어갔고 나는 노친네의 두 발이 대롱거리는 걸 봤지. 우리는 그냥 줄을 잘라 바닥으로 떨어지게 했어. 고기를 잘라 내리듯이. 녀석은 거기 서서 지켜보았는데 한마디도 하지 않더군. 그때 아홉이나 열 살쯤 됐을 거야. 노친네의 눈은 가재처럼 줄기에 달린 채 튀어나왔고 혀는 시커메서 차우차우* 같았지. 목매달아 죽고 싶거든 그러지 말고 독이나 그런 걸로 죽어. 사람들이 그런 꼴을 볼 필요가 없도록.

그리어가 끝장냈을 때 녀석도 그렇게 예뻐 보이지는 않았지.

아니었어. 그래도 정직한 피는 괜찮아. 눈알이 빠져나와 대롱거리거나 그런 것보다는 차라리 그걸 보는 게 나아.

저기 늙은 그레셤이 마누라가 죽고 미칠 지경이었을 때 한 짓을 이야기해주지. 그 마누라를 여기 위쪽 식스마일에 묻었는데 설교자가 몇 마디 하고 나서 그레셤을 불러 마누라에게 흙을 덮기 전에 몇 마디 하고 싶으냐고 묻자 늙은 그레셤은 손에 모자를 쥐고는 일어섰어. 거기서 일어서더니 웬 닭똥 같은 블루스를 부르는 거야. 닭똥 같은 블루스를. 아니, 나는 가사는 몰라, 하지만 그자는 알았는데 그걸 죄다 부르더니만 다시 자리에 앉더라니까. 하지만 미친 걸로 따지면 그자는 레스터 밸러드와는 비교도 되지 않아.

---

* 중국에서 유래한 개로 혀가 암청색이다.

밤의 더 어두운 구역이 있었다면 그는 그곳을 찾아냈을 것이다. 황량한 오두막에서 함께 사는 무수한 검은 귀뚜라미의 귀에 거슬리는 울음소리를 막으려고 귓구멍에 손가락을 꽂은 채 누워서. 어느 날 밤 그는 짚으로 만든 요에 누워 반쯤 잠이 들었다가 뭔가가 방을 가로질러 후다닥 달려가는 소리를 들었고 그것은 열린 창으로 유령처럼 내뺐다(그는 몸을 일으키려고 안간힘을 쓰다 보았다). 그가 앉아서 눈으로 그것을 좇았지만 이미 사라지고 없었다. 폭스하운드*들이 있는 힘껏 울부짖는 소리가 들렸고, 괴로운 울부짖음과 단말마에 가까운 깽깽 소리가 개울을 타고

---

* 여우 사냥에 쓰는 개.

위로, 골짜기 위로 다가왔다. 그것들이 오두막 마당으로 큰물처럼 쏟아져들어오면서 소프라노 울부짖음과 덤불을 짓밟는 소리가 복마전을 이루었다. 밸러드는 벌거벗은 채 가장 창백한 별빛에 의지하여 앞문이 소리를 내지르는 개들로 문턱에서부터 위로 차오르는 것을 보았다. 그것들은 잠시 잡색의 모피로 이루어진 고동치는 틀 안에 머물러 있다가 머리를 숙이며 뚫고 들어와 방을 채우고, 점점 소리를 높이며 개 위에 개가 올라탄 채 한 바퀴 돌더니 울부짖는 소리에 울부짖는 소리를 쌓으면서 창문으로 나가며 처음에는 창살, 그다음에는 창틀까지 함께 쓸고 가 벽에 벌거벗은 사각 구멍과 귀에 쟁쟁 울리는 소리만 남겼다. 그가 거기서서 욕을 내뱉을 때 개 두 마리가 더 문으로 들어왔다. 그는 한 마리가 지나갈 때 걷어차 자신의 맨발 발가락들을 그것의 뼈가 앙상한 궁둥이에 박아넣었다. 그가 비명을 지르면서 한 발로 깡충거릴 때 마지막 사냥개가 방으로 들어왔다. 그는 개를 덮치며 뒷다리를 잡았다. 개는 애처롭게 울부짖기 시작했다. 밸러드는 보지도 않고 개를 향해 주먹질을 했고 필사적인 욕과 울부짖음 사이에 북소리처럼 쿵쿵대는 소리가 텅 빈 방에서 메아리쳤다.

비바람에 회색으로 변색되고 짙은 녹색 이끼가 자란 거대한 돌덩어리와 돌판이 사방에 누워 있는 채석장 숲을 통과하는 도로를 따라 올라가기. 나무들과 덩굴들 사이에 더 오래된 인류의 자취인 양 쓰러져 있는 거석들. 이런 비 오는 여름날. 그는 이끼 벽들이 수직으로 깎아지른 듯 서 있고 허공의 당김 줄에 작은 파랑새 한 마리가 비스듬히 앉아 있는 옥색의 고요하고 어두운 호수를 지나갔다.

밸러드는 라이플로 새를 겨냥했지만 어떤 오래된 불길한 예감 같은 것 때문에 멈추었다. 새도 그것을 느낀 듯했다. 날아갔다. 작았다. 아주 작았다. 사라졌다. 숲은 정적으로 꽉 차 있었다. 밸러드는 엄지의 도톰한 부분으로 공이치기를 내리고 라이플을 멍에처럼 목에 걸고 두 손을 총열과 개머리판에 걸친 채 채석장 길을 따라 올라갔다. 밟혀서 납작해진 양철이며 깨진 유리가 진흙에 빽빽이 박혀 있었다. 덤불에는 쓰레기가 흩어져 있었다. 숲을 가로질러 저 너머에 지붕, 그리고 굴뚝에서 피어오르는 연기. 그는 도로 양편에 뒤집힌 차 두 대가 만신창이가 된 보초처럼 누워 있는 빈터에 이르자 폐물과 쓰레기의 거대한 제방을 지나 쓰레기장 가장자리의 판잣집으로 향했다. 각양각색의 고양이가 허약한 해를 받으며 그가 가는 것을 지켜보았다. 밸러드는 라이플로 얼룩덜룩한 커다란 수고양이를 겨누고 입으로 빵 소리를 냈다. 고양이는 무심하게 그를 보았다. 그가 별로 똑똑하지 않다고 생각하는 것 같았다. 밸러드는 고양이에게 침을 뱉었고 고양이는 즉시 묵직한 앞발로 머리에서 침을 닦아내고 그 자리를 씻기 시작했다. 밸러드는 쓰레기와 자동차 부품들 사이로 난 좁은 길을 따라 올라갔다.

쓰레기장 관리인은 딸 아홉을 싸지르고는 쓰레기 가운데서 찾아낸 낡은 의학 사전을 보고 이름을 지어주었다. 겨드랑이에 검은 털이 너덜거리는 이 흐느적거리는 자손들은 이제 쓰레기장을 치워 만든 조그만 마당 여기저기에 놓인 의자와 상자에 하고한 날 눈을 동그랗게 뜬 채 게으르게 앉아, 쩔쩔매는 어미가 잡일을 도와달라고 하나씩 부르면 하나씩 어깨를 으쓱하거나 굼뜬 눈꺼풀을 껌뻑였다. 유리스라, 세러벨라, 허니아* 수. 그들이 고양이처럼 움직이고 고양이처럼 더위 속에서 주위의 남자들을 그들의 두엄더미로 끌어오자 마침내 노인은 밤에 밖에 나가 그저 공기를 맑게 하고자 아무데나 대고 산탄총을 갈기곤 했다. 그는 어느 딸이 맏이인지 몇 살인지 알지 못했고 그들이 남자와 나다녀야 하는지 아닌지 알지 못했다. 고양이처럼 그들은 그에게 과단성이 없다는 것을 느꼈다. 그들은 시도 때도 없이 온갖 종류의 타락한 차를 타고 오가고 있었다. 삭아가는 세단들과 깜둥이 영향을 받은 컨버터블들—파란 점이 박힌 미등에다 크롬 경적과 여우 꼬리 또 거대한 주사위나 가짜 모피로 만든 대시보드 악마들로 장식한 컨버터블들로 이루어진 방종한 회전목마. 아무 부품이나 가져다 대충 수리해 차대가 낮아져 바큇자국이 난 길에 바닥이 닿는 차들. 좆이 길고 발이 큰 그 호리호리한 시골 아이들을 가득 태운 차들.

그들은 하나씩 하나씩 임신했다. 그는 그들을 때렸다. 부인은 울고 또 울었다. 그해 여름에 출산이 세 번 있었다. 집은 방 두개, 트레일러까지 꽉 찼다. 사람들이 아무데서나 자고 있었다. 한 딸이 남편이라고 부르는 것을 집으로 데려왔지만 하루나 이

* 각각 요도, 소녀, 탈장이라는 뜻.

틀만 머물렀고 다시는 보이지 않았다. 열두 살짜리가 배가 불러오기 시작했다. 공기가 답답해졌다. 악취와 고약한 냄새가 진동했다. 그는 구석에서 걸레 한 무더기를 보았다. 대충 덮어 옆으로 치운 조그만 노란 똥덩어리들. 하루는 쓰레기장 건너편 숲의 칡 밀림에서 박아대고 있는 두 형체와 우연히 마주쳤다. 나무 뒤에서 지켜보다 마침내 자신의 딸 가운데 하나를 알아보았다. 그는 몰래 다가가려 했지만 남자아이가 조심성이 많아 벌떡 일어나더니 반바지를 추켜올리며 숲을 뚫고 달아났다. 노친네는 들고 있던 지팡이로 딸을 때리기 시작했다. 딸은 지팡이를 잡았다. 그는 균형을 잃고 쓰러졌다. 그들은 잎들 속에 함께 자빠졌다. 그녀의 활발해진 사타구니에서 진하게 풍기는 뜨거운 생선냄새. 그녀의 복숭아색 속바지는 덤불에 걸려 있었다. 그의 주위 공기가 감전된 느낌이었다. 다음에 그가 아는 것은 그의 작업복이 무릎에 걸려 있고 자신이 딸을 올라타고 있다는 것이었다. 아빠 관둬, 그녀가 말했다. 아빠. 오오오.

그놈이 안에다 쌌냐?

아니.

그는 물건을 꺼내서 움켜쥐고 좆물을 그녀의 허벅지에 뿜었다. 빌어먹을 년, 그가 말했다. 그는 일어서서 작업복을 끌어올리고 곰처럼 쿵쿵거리며 쓰레기장 쪽으로 멀어져갔다.

그리고 밸러드가 있었다. 그는 눈을 가늘게 뜨고 미리 계획된 무관심한 태도로 라이플을 손에 들거나 어깨에 걸친 채 좁은 길을 따라 올라가기도 하고, 어린 축에 속하는 딸들이 판잣집에서 엿보며 낄낄대는 동안 마당의 부풀어오른 소파에 노친네와 함께 앉아 반 갤런들이 병에 든 밀조주 위스키를 함께 마시며 입가심으로 생감자를 주거니 받거니 했다. 그는 속바지가 보이게 두 다리를 세우고 앉곤 하는, 정강이가 평평하고 금발이 긴 딸에게 눈독을 들이고 있었다. 그녀는 늘 웃음을 터뜨렸다. 그녀가 신발을 신은 모습은 본 적이 없었으나 속바지는 일주일 내내 다른 색깔로 바뀌었고 토요일에는 검은색이었다.

밸러드가 트레일러를 지나가는데 바로 이 딸이 빨래를 널고 있었다. 그녀 옆 오십 갤런들이 드럼통에 남자 하나가 앉아 있었는데 그가 고개를 돌려 눈을 가늘게 뜨고 밸러드를 보며 말을 걸었다. 딸은 그를 향해 입을 오므리고 윙크를 하더니 고개를 젖히고 미친듯이 웃음을 터뜨렸다. 밸러드는 싱긋 웃으며 라이플 총열로 자기 다리 옆쪽을 툭툭 쳤다.

어떻게 지내, 젤리빈*, 그녀가 말했다.

뭘 보고 웃는 거야?

* 무기력하고 꼴 보기 싫은 남자를 가리킨다.

넌 뭘 보고 있는데?

뭐, 저치는 우선 저기 저 멋진 젖통을 보고 있지, 드럼통 위의 남자가 말했다.

보고 싶은 거구나.

그럼, 밸러드가 말했다.

이십오 센트짜리 하나 줘.

없는데.

그녀가 웃음을 터뜨렸다.

그는 싱글거리며 거기 서 있었다.

얼마 있어?

십 센트짜리가 하나 있네.

그럼 가서 이 센트 반을 빌려오면 하나는 볼 수 있지.

그냥 빚진 걸로 하지, 밸러드가 말했다.

나를 빨고blow 싶다 그랬어? 딸이 말했다.

빚진owe 걸로 하자고 했어, 밸러드가 말하며 얼굴을 붉혔다.

드럼통에 앉은 남자가 자기 무릎을 찰싹 쳤다. 조심해, 그가 말했다. 너한테 레스터가 십 센트 내고 볼 수 있는 게 뭐가 있다고?

이미 오십 센트어치는 봤거든.

젠장. 아무것도 못 봤는데.

아무것도 볼 필요 없어, 그녀가 말하며 허리를 굽혀 빨래통에

서 젖은 빨래를 하나 집어 털었고 밸러드는 그녀의 드레스 목 아래를 보려고 했다. 그녀는 몸을 일으켰다. 자지나 단단하게 만들어나, 그녀는 말하더니 등을 돌리다가 다시 그 반은 미친 듯한 갑작스러운 웃음을 터뜨렸다.

지금은 고양이가 그걸 물 수도 없겠네, 안 그래, 레스터?

지금 댁들하고 장난칠 시간 없어, 딸이 말하며 싱긋 웃고 등을 돌려 빨래통을 들었다. 그녀는 엉덩이를 한쪽으로 들어올려 빨래통을 거기에 얹고 그들을 보았다. 작은 트레일러 너머에서 노친네가 하늘을 배경으로 타이어 하나를 굴리며 걸었고 낡은 고무 찌꺼기 더미가 타는 더러운 검은 연기가 밧줄처럼 솟아오르고 있었다. 젠장, 그녀가 말했다. 댁들 이거 어느 거 하나라도 맛보기만 하면 다른 걸로는 다시는 만족하지 못하게 될 거야.

그들은 그녀가 집을 향해 언덕을 느긋하게 걸어올라가는 것을 지켜보았다. 나는 운을 걸어보고 싶은데, 남자가 말했다. 그러고 싶지 않아, 레스터?

밸러드는 그러고 싶다고 말했다.

식스마일교회의 회중은 예배가 시작되고 나서 언제라도 그들 뒤의 문이 열리면 인형 출연진처럼 모두 함께 고개를 돌리곤 했다. 밸러드가 손에 모자를 들고 들어와 문을 닫고 뒷좌석에 혼자 앉자 그들은 조금 전보다 더 천천히 고개를 도로 돌렸다. 그들 사이에 소곤거리는 소리가 바람에 이는 잔물결처럼 퍼져나갔다. 설교자는 말을 끊었다. 그는 침묵을 정당화하기 위해 설교단의 주전자에서 물을 한 잔 따라 마시고 잔을 도로 내려놓은 다음 입을 닦았다.

형제들, 그가 말을 이어나갔다. 교회 뒤에 있는 게시판의 고지문을 읽는 밸러드에게 그것은 그저 성경적 재잘거림일 뿐. 금주의 제물. 지난주의 제물. 육 달러 칠십사 센트. 참석자 수. 딱따

구리가 바깥의 배수 파이프를 두들겨댔고 긴장한 머리들이 조용히 하라고 새 쪽으로 기우뚱하며 돌아갔다. 밸러드는 감기에 걸려 예배 내내 시끄럽게 코를 훌쩍였지만 하느님이 흘겨본다 해도 그가 멈출 거라고 기대할 수 없었기 때문에 아무도 그를 보지 않았다.

늦여름 개울에는 배스가 있었다. 밸러드는 해가 낮게 비쳐 드는 곳의 이 웅덩이에서 저 웅덩이로 옮겨다니며 덤불 사이를 살폈다. 몇 주 동안 직접 총으로 잡은 개구리 몇 마리 외에는 훔친 들판 곡식과 여름 밭작물을 먹고 살았다. 그는 웃자란 풀 속에 무릎을 꿇고, 흔들거리는 지느러미에 힘을 주어 맑은 물에 서 있는 물고기에게 말을 걸었다. 요 개자식, 멋지고 통통하네.

그는 집으로 성큼성큼 달리다시피 걸어갔다. 돌아왔을 때 손에는 라이플이 있었다. 개울을 따라 움직이다 사초와 찔레 사이를 조심조심 파고들었다. 그는 해가 눈으로 들이닥치지 않는지 확인하고 네발로 기어가다 라이플의 공이를 당겼다. 강둑 너머를 살폈다. 이윽고 무릎을 꿇은 자세로 몸을 일으켰다. 완전히 일어섰다. 상류 쪽 물이 얕은 곳에 월드롭의 소떼가 개울물에 배까지 잠근 채 서 있었다.

요 개자식들, 밸러드가 꺽꺽거렸다. 개울은 진흙으로 짙은 붉은색이었다. 그는 라이플을 들어올려 겨누고 쏘았다. 소떼가 붉은 물에서 방향을 틀고 용솟음쳤다, 눈알이 하얬다. 한 마리가 머리를 묘한 각도로 쳐들고 강둑으로 다가갔다. 강둑에서 미끄러져 쓰러졌다가 다시 일어섰다. 밸러드는 이를 악물고 그것을 지켜보았다. 이런 젠장, 그가 말했다.

녀석이 전에 했던 일을 한 가지 더 말해주지. 그 늙은 암소를
자기 앞에서 멈추게 하기는 했는데 그다음엔 뭘 어쩔 수가 없었
어. 밀고 당기고 때리다 마침내 자기가 진이 빠졌지. 녀석은 스
콰이어 헬턴의 트랙터를 빌려서 돌아와 늙은 암소의 머리에 밧
줄을 걸고 세게 트랙터를 밟아 출발했지. 그러자 느슨했던 밧줄
이 갑자기 당겨지면서 그냥 암소 머리가 꺾여버린 것 같아. 목이
부러져 그 자리에서 죽어버린 거야. 플로이드한테 녀석이 안 그
랬는지 물어봐.

녀석이 월드롭한테 뭐가 있었는지는 모르겠는데 월드롭은 녀
석을 쫓아내려 하지를 않았어. 녀석이 집을 태워버린 뒤에도 내
가 알기로는 녀석에게 그 일에 관해 아무 말도 한 적이 없어.

그러고 보니 저기 트랜섬 아이가 일이 년 전에 그 늙은 황소들을 여기 장에 데려왔던 게 기억나네. 그놈들이 그 아이 앞에서 멈추더니 가지 않으려 해서 결국에는 아이가 그놈들 밑에 불을 피웠지. 늙은 황소들은 아래를 살피다 불을 보고는 다섯 걸음쯤 떼놓다가 다시 멈췄어. 트랜섬 아이는 보다못해 그 자리에서 자기 우마차 바로 밑에 불을 놓더군. 아이는 소리를 지르며 수레 밑으로 기어들어가 모자로 불을 두들겨대기 시작했고 그때쯤 늙은 황소들은 다시 출발했어. 그놈들이 우마차를 아이의 몸 위로 끄는 바람에 아이의 다리 두 개가 다 부러질 뻔했지. 그놈들보다 고집 센 짐승은 본 적이 없어.

올라와, 레스터, 쓰레기장 관리인이 말했다.

밸러드는 오고 있었다, 굳이 그러라고 할 필요도 없이. 안녕 루벨, 그가 말했다.

그들은 소파에 앉아 쓰레기장을 바라보았다. 노친네는 지팡이를 아래위로 움직여 바닥을 두드렸고 밸러드는 라이플을 두 무릎 사이에 세워두고 있었다.

언제 쥐를 좀더 쏘게 될까? 노친네가 말했다.

밸러드는 침을 뱉었다. 원하면 언제든, 그가 말했다.

그놈들이 우리를 다 여기서 몰아낼 거야.

밸러드는 반쯤 벗은 젊은 여자가 어둠 속에서 가로질러 움직이는 게 보였던 집 쪽으로 눈을 돌렸다. 아기가 울고 있었다.

저것들은 못 봤지 아마?

저게 뭔데?

허니하고 저 끝에서 둘째.

어디 있었는데?

몰라, 노친네가 말했다. 떠났던 것 같아, 아마도. 사흘 동안 사라졌었지.

저 금발?

그렇지. 그 아이하고 허니. 아마도 여기 젤리빈 가운데 몇하고 떠났던 것 같아.

뭐, 밸러드가 말했다.

저 여자애들을 뭐가 그렇게 거칠게 만드나 몰라. 저 아이들 할머니는 교회 다니던 사람 중에 가장 큰 여자였지. 어디 가나, 레스터?

가야 돼.

낮에 이렇게 뜨거울 땐 쏘다니지 않는 게 좋아.

그래, 밸러드가 말했다. 이쪽으로 나가려고.

쥐가 보이면, 뭐, 그냥 쏴버려.

보이면.

좀 보일 거야.

개 한 마리가 그를 따라 채석장 길로 나왔다. 밸러드가 개를 향해 작고 메마른 휘파람을 불고 손가락을 튀기자 개는 그의 바짓단에 코를 대고 킁킁거렸다. 그들은 길을 따라 올라갔다.

밸러드는 거대한 돌층계를 통해 채석장의 마른 바닥으로 내려갔다. 탄피처럼 홈이 파이고 페더드릴로 뚫은 구멍이 난 커다란 바위벽들이 그의 주위에서 거대한 원형극장을 이루고 있었다. 낡은 트럭의 잔해가 인동 속에 누운 채 녹이 슬고 있었다. 그는 돌조각과 깨진 파편들 사이로 골이 진 돌바닥을 가로질렀다. 트럭은 기관총 사격을 당한 것처럼 보였다. 채석장 맞은편 끝에 위가 뾰족하게 쌓인 돌무더기가 있었다. 밸러드는 발을 멈추고 물건들을 뒤져 낡은 스토브와 온수기를 기울여보고 자전거 부품과 부식된 물통을 살폈다. 손잡이가 썩힌 낡은 부엌칼을 하나 건졌다. 그는 개를 불렀고, 그의 목소리가 바위에서 바위로 연결되다 다시 돌아왔다.

그가 다시 도로로 나섰을 때 바람이 올라와 있었다. 어딘가에서 문이 쾅쾅거리고, 텅 빈 숲에서는 괴상한 소리. 밸러드는 도로를 따라 걸어올라갔다. 녹슨 함석 헛간을 지났고 그 너머에 목조 탑이 있었다. 그는 고개를 들었다. 탑 높은 곳에서 문이 삐걱 소리를 내며 열렸다가 쾅 닫혔다. 밸러드는 주위를 둘러보았다. 지붕의 함석판들이 달그락 쾅쾅거렸고 채석장 헛간 옆의 황량한 마당에서 하얀 먼지가 바람에 쓸려나갔다. 밸러드는 먼지 속에서 눈을 가늘게 뜨고 도로를 올라갔다. 카운티 도로에 올라섰을 무렵 비가 침처럼 튀기 시작했다. 그는 개를 다시 불렀고 기다리다 이내 다시 걸음을 옮겼다.

밤새 날씨가 바뀌었다. 가을이 오면서 하늘은 그가 알던 어느 때보다도 파래져갔다. 또는 기억할 수 있는 어느 때보다도. 그는 등에 해를 받으며 바람에 쏠리는 사초 속에 한 시간을 앉아 있었다. 마치 다가오는 겨울에 대비해 그 온기를 저장해두려는 듯. 그는 옥수수 수확 기계가 으르렁거리며 밭을 통과하는 것을 지켜보았고 저녁에는 비둘기들과 함께 가서 씹히고 부서진 줄기 사이에서 챙길 것을 챙겼고 자루 몇 개를 채워서 어두워지기 전에 오두막으로 가져갔다.

산의 활엽수들은 노란색으로 가라앉고 불이 붙다가 결국 벌거 벗었다. 이른 겨울이 닥치고 검고 황량한 가지 사이로 차가운 바람이 빨려들었다. 집의 텅 빈 껍데기 속에 혼자인 무단 점유자는 티끌이 날아 붙은 유리 너머로 테두리만 남은 뼈 색깔의 달 조각이 산마루의 검은 발삼나무들 위로 살며시 올라오는 것을 지켜보았다. 날랜 손이 겨울 하늘의 옅어진 어둠을 배경으로 스케치해놓은 잉크빛 나무들.

대체로 혼자인 남자. 커비네 주점으로 가는 술꾼들은 그가 밤에 도로에 혼자 구부정하게 웅크린 것을 보곤 했는데, 떼어놓을 수 없는 것인 듯 라이플이 손에서 늘어져 있었다.

그는 여위고 독해졌다.

어떤 이들은 미쳤다고 했다.

해로운 별 하나가 그를 지켜주었다.

그는 교차로에 서서 산에서 나는 다른 사람들의 사냥개 소리에 귀를 기울였다. 지나가는 차 몇 대의 빛 속에 나타나는 비참하고 오만한 형체. 그 차들의 꽈리를 트는 먼지 속에서 그는 욕을 하거나 중얼거리거나 뒤에 침을 뱉었다. 오래된 높은 세단에는 사이사이에 총과 위스키병을 끼우고 비좁아 어깨를 맞댄 남자들이 있고 터틀덱* 안에는 여윈 나무 개**들이 웅크리고 있었다.

어느 추운 아침 프로그산의 차를 돌리는 공터에서 그는 하얀

* 자동차의 구식 트렁크.
** 나무에 묶어두다 가끔 사냥에 쓰는 개.

가운을 입은 여인이 나무들 아래에서 자고 있는 것을 발견했다. 죽었는지 보려고 한참을 지켜보았다. 그는 돌멩이를 한두 개 던졌고 하나가 그녀의 다리에 맞았다. 둔하게 꿈틀거리는 그녀의 머리카락은 온통 나뭇잎투성이였다. 그는 가까이 다가갔다. 잠옷의 얇은 재질 밑으로 묵직한 젖가슴이 퍼진 것이 보였고 배 아래로 거무스름하고 덥수룩한 털이 보였다. 그는 무릎을 꿇고 그녀에게 손을 댔다. 그녀의 늘어진 입이 비틀렸다. 눈이 뜨였다. 새처럼 아래쪽 꺼풀이 아래로 내려가며 눈이 드러나는 느낌이었고 눈알은 충혈된 채 툭 불거져 있었다. 그녀는 벌떡 일어나 앉았고 위스키와 부패의 달큼한 발효가 물씬 풍겨나왔다. 고양이가 으르렁거릴 때처럼 입술이 뒤로 당겨졌다. 뭐하는 거야, 이 개자식아? 그녀가 말했다.

춥지 않아?

도대체 그게 너하고 무슨 상관인데?

나하고는 염병 아무 상관 없지.

밸러드는 몸을 일으켜 라이플을 든 채 그녀를 굽어보며 섰다.

옷은 어디 있어?

그녀는 일어서서 비틀거리며 뒷걸음질치다 나뭇잎들 속에 엉덩방아를 찧었다. 이윽고 다시 일어섰다. 그녀는 선 채로 몸을 이쪽저쪽으로 흔들며 눈꺼풀이 무거운 불룩한 눈으로 그를 노려

보았다. 개자식, 그녀가 말했다. 그녀의 눈이 이곳저곳을 두리번거렸다. 돌멩이를 보더니 몸을 던져 허우적거리며 집어들고 그에게서 떨어져 섰다.

밸러드의 눈이 가늘어졌다. 그 돌멩이 내려놓는 게 좋을걸, 그가 말했다.

너 때문에 이러는 거야.

내려놓으라고 했어.

그녀는 위협적으로 돌을 든 손을 뒤로 뺐다. 그는 한 걸음 앞으로 나섰다. 그녀는 돌을 던져 그의 가슴을 맞추더니 두 손으로 얼굴을 가렸다. 그가 따귀를 강하게 때리는 바람에 그녀의 몸이 빙그르 돌아 그를 마주보았다. 그녀가 말했다. 네가 이런 식으로 나올 줄 알았어.

밸러드는 손으로 자기 가슴을 만지며 피가 나는지 확인하려고 얼른 내려다보았지만 피는 없었다. 그녀는 두 손에 얼굴을 묻고 있었다. 그는 그녀의 가운 끈을 잡고 힘차게 잡아당겼다. 얇은 재질의 천이 허리까지 갈라졌다. 그녀는 얼굴을 내놓고 가운을 움켜잡았다. 젖꼭지가 추위 때문에 단단하고 푸르스름해 보였다. 그만해, 그녀가 말했다.

밸러드는 약한 인조견을 한 움큼 잡아챘다. 아래에서 두 발이 앞으로 끌려나오면서 그녀는 짓밟힌 언 잡초 위에 주저앉았다.

그는 옷을 접어 겨드랑이에 끼우고 뒤로 물러섰다. 몸을 돌려 계속 길을 따라 내려갔다. 그녀는 완전히 빨가벗은 채 땅바닥에 앉아 그가 가는 것을 지켜보며 그의 등에 대고 욕을 해댔다, 그의 이름만 빼고 여러 이름으로 불러댔다.

페이트는 괜찮은 사람이야. 말하는 게 거침없긴 하지만 그 친구 마음에 들어. 자주 함께 차를 탔어. 어느 날 밤 프로그산의 차 돌리는 공터에 올라갔던 게 기억나는군. 거기 위에 차 한 대가 주차해 있어서 페이트가 그쪽으로 불을 밝혀두고 차로 걸어갔어. 차에 있던 노인네가 계속 넷, 아니웃을 하더군. 여자가 함께 있었지. 그 친구가 노인네한테 면허증을 달라니까 노인네는 아주 오랫동안 여기저기 뒤적거리기만 하고 지갑도 어떤 것도 찾지를 못하는 거야. 페이트가 마침내 노인네한테 말했지. 이리 나오쇼. 거기 앉아 있던 늙은 여자는 얼굴이 백지장처럼 하앴다고 해. 어쨌든 노인네는 문을 열고 밖으로 나왔어. 페이트는 노인네를 보더니 나한테 소리를 질렀어. 존, 이리 와서 이것 좀 보쇼.

그쪽으로 가봤더니 노인네는 차 옆에 서서 아래를 보고 있고 보안관도 아래를 보면서 노인네에게 불을 비추고 있었어. 우리는 모두 거기 서서 이 노인네 아래쪽을 내려다보고 서 있었는데 노인네가 반바지를 뒤집어 입은 거야. 호주머니가 밖으로 사방에 덜렁거리더라고. 지옥보다 미친 것처럼 보였어. 보안관은 노인네한테 그냥 가라고 하더군. 그런 상태로 운전을 할 수 있겠느냐고 물으면서. 그 사람이 그런 사람이야.

밸러드가 포치로 나왔을 때 턱이 무너진 여윈 남자가 마당에 쭈그리고 앉아 그를 기다리고 있었다.

잘 지내나 다퍼즐, 밸러드가 말했다.

잘 지내나 레스터.

그는 입에 구슬을 잔뜩 문 사람처럼 말하며 염소뼈 아래턱 관절을 힘겹게 움직였다. 원래 턱은 총에 맞아 떨어져나갔다.

밸러드는 마당에서 손님 맞은편으로 가 뒤꿈치에 엉덩이를 대고 쭈그리고 앉았다. 변비에 걸린 가고일*들 같았다.

---

* 유럽 기독교 사원의 벽에 붙어 있던 괴물을 본뜬 석상. 날개 달린 용이나 인간과 새를 합성한 모습 등 여러 형상이 있다.

저 위 차 돌리는 공터에서 늙은 여자를 발견했다며?

밸러드가 코를 킁킁거렸다. 무슨 여자? 그가 말했다.

저 위에 버려진 거. 잠옷을 입고.

밸러드는 신발의 떨어져나온 바닥을 잡아당겼다. 봤지, 그가 말했다.

그 여자가 보안관한테 갔어.

그랬어?

상대는 몸을 돌리더니 침을 뱉고 다시 밸러드 쪽을 보았다. 플레스를 체포했어.

그러거나 말거나. 나는 그 여자하고는 아무런 상관이 없어.

그 여자는 있다고 하던데.

그 여자는 거짓말하는 녹색 똥자루야.

손님이 일어섰다. 그냥 너한테 얘기를 해야겠다고 생각했어, 그가 말했다. 너는 너 하고 싶은 대로 해.

서비어 카운티 보안관이 법원 문으로 나와 포르티코*에 서서 밑의 회색 잔디를 살폈다. 그곳에는 벤치들이 놓여 있고 집회를 연 서비어 카운티 주머니칼 협회 사람들이 깎고 중얼대고 침을 뱉고 있었다. 그는 담배를 말고 나서 담배 봉투를 맞춤 셔츠의 가슴주머니에 도로 넣고 담배에 불을 붙인 다음 층계를 내려와 주인이나 되는 것처럼 눈을 가늘게 뜨고는 이 작은 고지대 군청 소재지의 아침 상황을 살폈다.

　남자 하나가 위에서 문을 열고 부르자 보안관은 몸을 돌렸다.

　깁슨 씨가 찾는데요, 남자가 말했다.

------

\* 대형 건물 입구에 기둥을 받쳐 만든 현관 지붕.

내가 어디 있는지 모르는 걸로 해.

알겠습니다.

그런데 코튼은 대체 어디 있는 거야?

차를 가지러 갔습니다.

어서 엉덩이를 움직여 이쪽으로 오는 게 좋을걸.

지금 저기 오네요, 보안관님.

보안관은 몸을 돌려 거리로 걸어나갔다.

안녕하세요 보안관님.

안녕하신가.

안녕하세요 보안관님.

어이. 어떤가.

그는 담배를 거리에 툭 던지고 차에 올라타 문을 잡아당겼다.
안녕하세요 보안관님, 운전석에 앉은 사람이 말했다.

가서 그 조그만 씹새끼를 데려오자고, 보안관이 말했다.

빌 파슨스하고 오늘 아침에 새 사냥을 갈 생각이었는데 이젠
안 될 것 같군요.

빌 파슨스라고?

그 사람한테 좋은 개가 두어 마리 있거든요.

아 그래. 그 친구 개는 늘 최고지. 예전에 수지라는 이름의 개
가 있었던 게 기억나는데 그 친구 말로는 새 잡는 아주 사나운

개라고 하더군. 그 친구가 트렁크에서 개를 내보냈고 나는 개를 보면서 말했지. 수지가 기분이 별로인 거 같은데. 그 친구는 수지를 보더니 코를 만져보고 어쩌고 했어. 그러면서 자기가 보기엔 괜찮다는 거야. 내가 그랬지, 오늘은 수지가 별로 좋은 것 같지 않아. 우리는 출발해서 오후 내내 사냥을 했고 새 한 마리를 죽였어. 차를 향해 돌아오기 시작할 때 그 친구가 나한테 그러더군, 빌이 말이야. 그게, 늙은 수지가 오늘 기분이 좋지 않다는 걸 느끼시다니 이상하네요. 그걸 알아채다니 말이에요. 내가 말했지. 뭐, 수지는 오늘 아팠던 거지. 그 친구가 말하더군, 그래, 그랬어요. 내가 말했지. 수지는 어제도 아팠어. 수지는 늘 아팠어. 수지는 늘 아플 거야. 수지는 아픈 개야.

그는 보안관이 사분의 일 마일 떨어진 도로에서 발을 멈추는 것을 지켜보았고 보안관이 도로 가장자리의 마른 찔레와 잡초가 담처럼 막아선 곳을 걸어서 건너 두 팔과 팔꿈치를 위로 들어올린 채 덤불을 밟으며 다가오는 것을 지켜보았다. 집에 이르렀을 때 보안관의 다림질한 맞춤 치노 바지는 먼지가 묻고 시들시들해졌으며 보안관의 몸은 옷에 달라붙는 죽은 식물과 꺼끌꺼끌한 씨앗으로 덮여 있었다. 행복해 보이지 않았다.

밸러드는 포치에 서 있었다.

가자, 보안관이 말했다.

어디로?

그 포치에서 엉덩이 떼고 내려오는 게 좋겠어.

밸러드는 침을 뱉고 포치 기둥에 기댔던 몸을 일으켰다. 좋으실 대로, 그가 말했다. 그는 층계를 내려갔고 두 손은 청바지 뒷주머니에 들어가 있었다.

너같이 한가한 사람, 보안관이 말했다. 너 같은 사람은 우리 일하는 사람들이 약간의 오해를 푸는 걸 돕는 일을 꺼리지 말아야 해. 이쪽이올시다, 형씨.

이쪽이야, 밸러드가 말했다. 모르는 것 같은데 여기 길이 있어.


광택제를 바른 떡갈나무 회전의자에 앉은 밸러드. 그는 등을 뒤로 기댄다. 문은 오톨도톨한 유리다. 거기에 그림자들이 나타난다. 문이 열린다. 보안관보가 들어오더니 몸을 뒤로 돌린다. 뒤에는 여자가 있다. 그녀는 밸러드를 보자 소리 내 웃기 시작한다. 밸러드는 그녀를 보려고 목을 빼고 있다. 그녀는 문으로 들어와 그를 보며 서 있다. 그는 자신의 무릎을 내려다본다. 무릎을 긁기 시작한다.

보안관이 책상에서 일어섰다. 문 닫아, 코튼.

여기 이 개자식, 여자가 말하며 밸러드를 손가락질했다. 도대체 어디서 이 자식을 찾았어요?

이자 아니오?

음. 맞아요. 이자가 그자예요, 그자…… 내가 감옥에 집어넣고 싶어하는 건 다른 두 개자식이지만. 여기 이 개자식은……

그녀는 혐오스럽다는 표정으로 두 손을 들어올렸다.

밸러드는 한쪽 뒤꿈치로 바닥을 문질렀다. 난 아무 짓도 하지 않았어, 그가 말했다.

이자를 고발하고 싶어했던 거요 아니오?

젠장 그래요, 그러고 싶어요.

이자를 뭘로 고발하고 싶었소?

강간이요, 참 나.

밸러드는 무표정하게 웃음을 터뜨렸다.

공갈 폭행도, 이 개자식.

저 여잔 염병할 늙은 창녀에 지나지 않아.

늙은 창녀는 밸러드의 따귀를 갈겼다. 밸러드는 회전의자에서 일어나 그녀의 목을 조르기 시작했다. 그녀는 무릎을 그의 사타구니에 갖다 박았다. 그들은 맞붙었다. 함께 뒤로 넘어지면서 양철 쓰레기통을 쓰러뜨렸다. 코트가 잔뜩 걸린 옷걸이가 넘어갔다. 보안관보가 밸러드의 멱살을 잡았다. 밸러드의 몸이 빙그르 돌았다. 여자는 비명을 지르고 있었다. 세 사람은 바닥에 쓰러졌다.

보안관보가 밸러드의 팔을 등뒤로 꺾었다. 그는 분노로 흙빛이었다.

이 빌어먹을 년, 밸러드가 말했다.

저 여자 잡아, 보안관이 말했다. 저⋯⋯

보안관보는 밸러드의 등허리에 무릎 하나를 얹고 있었다. 여자는 일어나 있었다. 그녀는 팔꿈치를 뒤로 뻗고 발 하나를 뒤로 빼더니 밸러드의 머리 옆쪽을 걷어찼다.

이런 이런, 보안관보가 말했다. 그녀가 다시 걷어찼다. 그는 그녀의 발을 잡았고 그녀는 바닥에 주저앉았다. 젠장 보안관님, 그가 말했다, 이 여자를 잡든가 아니면 이 남자 좀 잡고 있어요, 네?

이 개자식들, 밸러드가 말했다. 그는 거의 울고 있었다. 염병할 너희 모든 놈들.

두고 봐, 여자가 말했다. 저 자식 염병할 불알을 차서 떼어버릴 거야. 개자식.


서비어 카운티 감옥에서 아흐레 낮과 밤. 흰강낭콩을 곁들인 돼지비계와 삶은 채소와 푸석한 빵에 볼로냐소시지를 넣은 샌드위치. 밸러드는 음식이 나쁘지 않다고 생각했다. 심지어 커피는 마음에 들기까지 했다.

맞은편 감방에 깜둥이가 있었는데 이 깜둥이는 늘 노래를 불

렀다. 지명수배로 들어와 있었다. 하루이틀 지나고 나자 밸러드
는 그와 말을 섞게 되었다. 밸러드가 말했다. 이름이 뭐야?

존, 깜둥이가 말했다. 깜둥이 존.

어디에서 왔어. 너 도망자지 그렇지?

아칸소 파인블러프에서 왔고 이 세상의 길들로부터 도망치는
자지. 눈이 조금 내려준다면 내 마음으로부터 도망치는 자일 텐데.

뭐로 들어온 거야?

니미씨발놈의 머리를 주머니칼로 잘라버렸지.

밸러드는 자기 범죄를 물어보기를 기다렸으나 질문이 나오지
않았다. 잠시 후에 그가 말했다, 나는 늙은 여자를 강간한 걸로
되어 있어. 애초에 창녀에 불과했는데 말이야.

백인 보지는 골칫거리에 불과해.

밸러드는 그렇다는 데 동의했다. 자신도 그렇다고 생각해온 것
같았으나 한 번도 누가 그렇게 말하는 것을 들어본 적은 없었다.

흑인은 자기 침상에 앉아 몸을 앞뒤로 흔들었다. 그는 노래를
흥얼댔다.


집으로 날아가네
니미씨발놈처럼 날아
집으로 날아가네

내가 문제가 생긴 건 모두 위스키나 여자나 그 둘 다 때문이었어. 밸러드가 말했다. 그는 남자들이 그렇게 말하는 것을 자주 들었다.

내가 문제가 생긴 건 모두 붙잡혔기 때문이었어, 흑인이 말했다.

일주일 뒤 어느 날 보안관이 복도를 따라 걸어오더니 깜둥이를 데려갔다. 집으로 날아가네, 깜둥이가 노래를 불렀다.

날아가고말고, 보안관이 말했다. 네 창조주에게로 날아가지.

니미씨발놈처럼 날아, 깜둥이가 노래했다.

걱정하지 마, 밸러드가 말했다.

깜둥이는 그러겠다 그러지 않겠다 말이 없었다.

다음날 보안관이 다시 와서 밸러드의 감방 앞에 발을 멈추더니 안에 있는 그를 살폈다. 밸러드도 마주 살폈다. 보안관은 지푸라기 하나를 입에 물고 있다가 말을 하려고 뺐다. 그 여자는 어디서 왔지?

어떤 여자?

네가 강간한 여자.

그 늙은 창녀 말이야?

그래. 그 늙은 창녀.

모르겠어. 그게 어디서 왔는지 내가 대체 어떻게 알아?

서비어 카운티 출신인가?

모르겠어, 젠장.

보안관은 그를 보더니 지푸라기를 다시 입에 물고 자리를 떴다.

다음날 아침 그들은 밸러드를 데리러 왔다. 교도관과 법정경위였다.

밸러드, 교도관이 말했다.

맞아.

그는 법정경위를 따라 복도를 내려갔다. 교도관이 뒤에서 따라왔다. 아래층으로 내려갈 때 밸러드는 난간의 쇠파이프를 따라 천천히 움직였다. 그들은 밖으로 나가 주차장을 가로질러 법원으로 갔다.

그들은 그를 텅 빈 방의 의자에 앉혔다. 두 짝짜리 문의 틈으로 색깔과 움직임의 얇은 띠가 보였고 법적 절차를 밟는 소리가 희미하게 들렸다. 한 시간 정도 뒤 법정경위가 들어오더니 밸러드를 향해 손가락을 구부렸다. 밸러드는 일어서서 문을 나가 작은 가로장 뒤의 교회 신도석에 앉았다.

그는 자신의 이름을 들었다. 눈을 감았다. 다시 떴다. 책상에 앉은 하얀 셔츠 차림의 남자가 그를 보더니 서류를 보고 보안관을 보았다. 언제부터요? 그가 물었다.

일주일이나 조금 더 됐습니다.

흠 여기서 나가라고 하시오.

법정경위가 다가오더니 문을 열고 밸러드 쪽으로 몸을 기울였다. 가도 돼, 그가 말했다.

밸러드는 일어서서 출입구를 통과해 방을 가로질러 날빛이 비쳐 드는 문을 향해 걸어가 홀을 건너 서비어 카운티 법원 앞문을 거쳐 밖으로 나갔다. 아무도 뒤에서 그를 부르지 않았다. 문간에서 침을 흘리던 남자가 기름에 전 모자를 그에게 내밀며 뭐라고 중얼거렸다. 밸러드는 층계를 내려가 길을 건넜다.

그는 도심을 벗어나 어슬렁거리며 가게들을 기웃거렸다. 우체국으로 들어가 포스터 다발을 넘겨보았다. 수배자들이 험악한 눈으로 마주보았다. 이름이 많은 사람들. 그들의 문신. 썩어갈 살에 새겨진 죽은 사랑의 전설. 어디에나 파란 표범.

그가 뒷주머니에 두 손을 꽂고 거리에 서 있을 때 보안관이 다가왔다.

이제 계획이 뭐야? 보안관이 말했다.

집에 가야지, 밸러드가 말했다.

그다음에는. 다음에는 무슨 비열한 짓을 할 준비를 해놨어.

아무것도 준비해놓은 거 없어.

우리한테 실마리를 주는 게 좋을 것 같아. 더 정정당당하게 하라고. 어디 보자. 법원 명령 불이행, 치안 방해, 공갈 폭행, 공공

장소에서 음주, 강간. 목록 다음 자리에는 살인이 들어갈 것 같은데 응? 아니면 네가 저질렀는데 우리가 아직 찾아내지 못한 게 어떤 거야?

나는 아무 짓도 안 했어, 밸러드가 말했다. 그냥 네가 나한테 유감이 있는 거지.

보안관은 팔짱을 끼더니 뒤꿈치에 기대 몸을 약간 흔들며 앞에 있는 음침한 타락자를 살폈다. 그래, 그가 말했다. 그 엉덩이를 어서 집에 갖다놓는 게 좋겠군. 여기 타운의 이 사람들은 네 똥을 견디지 못하니까.

나는 이 닭똥 같은 타운의 누구한테도 뭘 요구한 적 없어.

그 엉덩이 어서 집에 갖다놓는 게 좋을 거야, 밸러드.

네가 입으로 계속 떠드는 것 말고는 염병할 어떤 것도 나를 여기 잡아두지 않아.

보안관은 그의 앞에서 물러났다. 밸러드는 계속 거리를 따라 어슬렁어슬렁 올라갔다. 그 블록을 반쯤 가다 뒤돌아보았다. 보안관이 여전히 그를 지켜보고 있었다.

친절하게도 닭장 지키듯이 하시는군, 보안관, 그가 말했다.

녀석은 애나 다름없을 때 그 라이플을 구했어. 그걸 사려고 웨일리 노인네 밑에서 하나에 팔 센트를 받고 담장 말뚝 치는 일을 했지. 돈이 충분히 모인 날, 들 한가운데에서 아침나절에 일을 그만두었다고 나한테 얘기하더군. 얼마나 주고 샀는지는 기억나지 않지만 말뚝이 칠백 개는 넘었을 거야.

한 가지만 말하지. 녀석은 정말이지 그걸 쏠 줄 알았어. 보이는 건 뭐든 맞혔지. 한번은 커다란 북가시나무 꼭대기에 있는 거미집의 거미를 쏘는 걸 봤어, 우리는 나무에서 저기 도로까지 되는 거리만큼 멀리 떨어져 있었는데 말이야.

한번은 장터 놀이터에서 쫓겨났지. 더 못 쏘게 하더라고.

장터 얘기가 나와서 말인데, 아주 오래전에 한 늙은이가 나타

나더니 살아 있는 비둘기를 쏘는 내기를 했어. 그자는 라이플로
다른 사람은 산탄총으로. 아니면 다른 뭐로든. 그자는 비둘기를
한 트럭 가지고 온 게 틀림없었어. 어떤 아이한테 비둘기 한 상
자를 들려 들 한가운데로 보낸 다음 그자가 소리치면 아이는 한
마리를 내보내고 그럼 그는 라이플을 들고 빵, 그렇게 가루로 만
들어버렸어. 형씨들, 그자는 어김없이 깃털이 날아다니게 할 수
있었다니까. 그런 총 솜씨는 본 적이 없었지. 우리도 내로라하는
새 사냥꾼 무리였는데 그 자리에서 돈을 잃다가 마침내 어찌된
일인지 알게 되었지. 그자가 한 일이 뭐냐면, 아이를 시켜서 그
놈의 비둘기들 똥구멍에 작은 폭죽을 집어넣은 거야. 비둘기가
집에 온 것처럼 자유롭게 날아올라 아주 높이 올라가면 빵, 그게
비둘기 엉덩이를 날려버리는 거지. 그자는 깃털들이 날아가는
걸 보자마자 바로 쐈어. 우린 알 수가 없었지. 아 그건 아니네, 누
가 마침내 알아냈으니까. 누군지는 기억이 안 나지만. 팔을 뻗어
서 그 늙은이가 총을 쏘기 전에 손에서 라이플을 빼앗았는데 그
놈의 비둘기가 그냥 빵 터지더라고. 그래서 그 늙은이에게 타르
를 바르고 그 위에 깃털을 붙이다시피 했지.[*]

  그 이야기를 하니까 전에 뉴포트에서 열렸던 카니발이 생각나

---

[*] 모욕을 주는 처벌 방식.

는군. 저 위쪽의 한 녀석이 유인원인가 고릴라인가를 갖고 있었어, 뭐가 됐든, 키는 아주 크더라고. 저기 지미만큼이나 컸지. 그걸 권투 글러브를 끼울 수 있는 곳에 데려다놓더니 그거하고 함께 링에 올라가서 삼 분을 버틸 수 있으면 오십 달러를 주겠다는 거야.

자, 함께 있던 애들은 나를 계속 부추겼어, 계속 부추겼지. 나는 귀여운 아가씨하고 팔짱을 끼고 있었는데 이 아가씨가 도살용 도끼를 맞은 송아지처럼 나를 연신 쳐다보는 거야. 그애들은 나를 부추기고. 우리가 위스키도 좀 마셨던 것 같아, 기억 안 나. 어쨌든 나는 거기 그 유인원을 살펴보기 시작했고 생각했지. 씨발 뭐. 나만큼 크지는 않았거든. 사슬로 묶어놓고 있기도 했고. 그놈이 스툴에 앉아서 붉은 양배추를 먹고 있던 게 기억나. 나는 바로 말했지. 젠장. 손을 들고 그 녀석에게 내가 한번 해보겠다고 말했어.

자, 그쪽 사람들은 우리를 거기 뒤쪽으로 데려가더니 나한테 글러브를 끼워주고 어쩌고 했고, 유인원 주인인 녀석, 그 녀석은 나한테 이러더라고. 저기 가서 저 아이를 너무 세게 때리지는 마쇼, 그러면 저 아이가 화가 나서 댁한테 진짜 문제가 생길 테니까. 나는 속으로 생각했어. 흠 이 녀석이 사실은 자기 유인원이 얻어터지는 걸 막으려고 이러는구나. 자기가 투자한 걸 보호하려고 해.

어쨌거나 나는 나와서 거기 링에 올라갔어. 정말이지 바보가
된 느낌이더군, 내 친구들이 다 거기서 계속 소리를 지르고 있으
니 말이야. 나는 나와 함께 있던 귀여운 아가씨를 내려다보고 크
게 윙크를 한 번 해주었는데 그때쯤 그 늙은 유인원을 데리고 나
오더라고. 유인원한테는 재갈을 씌웠어. 그 자식이 다정한 눈으
로 나를 건너다보더라고. 자, 사람들이 우리 이름을 부르고 난
리였는데 그놈의 유인원 이름이 뭐였는지는 기억이 안 나네. 어
쨌든 어떤 아이가 커다란 저녁식사 종을 흔들었고 나는 걸어나
가 그놈의 유인원 주위를 뱅글뱅글 돌았어. 거기 그놈한테 풋워
크를 좀 보여준 거야. 놈은 아무 짓도 하지 않을 것 같아서 내가
팔을 뻗어 한 방을 세게 먹였지. 놈은 그냥 다정하게 나를 보기
만 하더라고. 뭐, 나야 그냥 자세를 취하고 다시 쳤을 뿐이고. 머
리 옆쪽에 정통으로 먹였지. 그러니까 놈의 머리가 뒤로 확 젖
혀지면서 눈이 다정하게 야릇해지더라고. 그래서 내가 말했지.
자, 자, 이놈 아주 착하구나. 오십 달러는 이미 번 거나 다름없었
지. 나는 몸을 흔들며 돌다가 다시 치러 갔는데 바로 그때 놈이
내 머리 위로 뛰어올라 내 입에 발을 쑤셔넣고 내 턱을 찢으려고
하는 거야. 살려달라고 소리를 지를 수도 없었지. 사람들이 그걸
나한테서 절대 떼어내지도 못할 것 같았고.

장터에 온 사람들 사이에서 조심스럽게 발을 디뎌 진창을 통과하는 밸러드. 천막과 조명과 원뿔 모양 솜사탕 사이로 난 톱밥 길을 따라 내려가다 층층이 쌓인 경품과 인형과 천막 줄에 대롱거리는 동물이 있는 노점들을 지나. 회전식 관람차는 하늘을 배경으로 야한 팔찌처럼 서 있고 매 날개가 달린 작은 쏙독새들은 입을 벌리고 괴상한 울음소리를 내며 위로 젖혀진 섬광등 사이를 왕복했다.

셀룰로이드 금붕어가 수조에서 까닥이는 곳에서 그는 사내끼를 들고 기대서서 다른 낚시꾼들을 지켜보았다. 종업원이 그들의 사내끼에서 물고기를 잡아 밑면에 적힌 번호를 읽은 다음 고개를 저어 꽝이라고 하거나 작은 큐피* 또는 석고 고양이를 향해 아래로 손을 뻗었다. 밸러드가 그렇게 몰두해 있는 동안 옆의 한 노인이 물고기 두 마리를 동시에 자신의 사내끼 안으로 몰려고 했다. 사내끼에 두 마리가 들어가지 않자 노인이 짜증을 내며 물고기를 수조 가장자리로 몰아 사내끼를 쓸어올리는 바람에 물고기와 물이 그의 옆에 서 있던 여자의 앞쪽 아래로 튀었다. 여자는 아래를 보았다. 물고기는 풀에 누워 있었다. 미쳤나봐, 그녀가 말했다. 아니면 취했거나. 노인은 자신의 사내끼를 움켜쥐었다. 종업원이 그들 쪽으로 몸을 기울였다. 무슨 일이오, 그가 말했다.

나는 아무 짓도 안 했어, 노인이 말했다.

밸러드는 물고기를 떠서 경품 번호를 살피고 도로 던져넣었다. 드레스가 젖은 여자가 그를 가리켰다. 저기 저 남자가 속임수를 써요, 그녀가 말했다.

됐소 친구, 종업원이 말하며 그의 사내끼로 손을 뻗었다. 십 센트에 한 마리, 이십오 센트에 세 마리요.

나는 아직 한 마리도 안 잡았어, 밸러드가 말했다.

한 다스는 도로 집어넣었구먼.

한 마리도 안 잡았다니까, 밸러드가 말하며 사내끼를 꽉 잡았다.

---

* 인형 상표명.

그럼 한 마리 잡고 나머지는 구경만 하쇼.

밸러드는 어깨를 으쓱하고 탐내는 눈으로 물고기들을 보았다. 한 마리를 건져올렸다.

종업원은 물고기를 잡더니 살폈다. 꽝이네, 그가 말하고 물고기를 다시 수조로 던져넣고 밸러드에게서 사내끼를 가져갔다.

내가 다 끝나지 않았을 수도 있잖아, 밸러드가 말했다.

하지만 끝났을 수도 있지, 종업원이 말했다.

밸러드는 남자에게 싸늘한 고양이의 눈길을 던지다 물에 침을 뱉더니 가려고 몸을 돌렸다. 옷에 물이 튀었던 여자는 조금 두려워하며 변명하는 표정으로 그를 지켜보고 있었다. 밸러드는 지나가면서 여자에게 잇새로 말했다. 어디에나 코를 들이미는 늙은 창녀네, 응?

그는 가면서 호주머니 맨 아래쪽 묵직한 십 센트짜리들을 흔들어댔다. 라이플 쏘는 소리가 그를 이끌었다. 그는 호객꾼과 노점상의 외침들 사이에서 막힌 총소리를 구별해냈다. 다리가 긴 아이들이 카운터에 웅크리고 있는 혼잡한 부스. 갤러리 뒤쪽을 가로지르며 기계 오리가 아장아장 걷고 삐거덕댔고 라이플들이 땅 소리를 내고 총알을 뱉었다.

얼른 앞으로 나오세요, 얼른 나와요, 솜씨를 시험해보고 경품을 타 가세요, 사격장 남자가 노래를 불렀다. 네 손님, 한번 해보

시겠습니까?

살펴보는 중이야, 밸러드가 말했다. 뭐가 있는데?

노점상은 지팡이로 크기가 점점 커지는 동물 인형들이 달린 줄들을 가리켰다. 아랫줄은, 그가 말했다······

그건 됐고, 밸러드가 말했다. 저기 있는 저 큰 걸 얻으려면 뭘 해야 돼.

노점상은 줄에 매달린 작은 카드들을 가리켰다. 작은 빨간 점을 맞추세요, 그가 노래 부르는 목소리로 말했다. 다섯 발의 기회를 드릴 테니 맞추시고 여기 있는 경품 중에 마음대로 골라서 가져가세요.

밸러드는 십 센트짜리들을 꺼냈다. 얼마? 그가 말했다.

이십오 센트입니다.

그는 카운터에 십 센트짜리 세 개를 놓았다. 노점상은 라이플 하나를 일으켜세우더니 황동 관 모양의 총알들을 탄창에 밀어넣었다. 펌프 라이플은 카운터에 사슬로 묶여 있었다.

밸러드는 오 센트짜리를 호주머니에 넣고 라이플을 들어올렸다.

팔꿈치를 기대는 건 허용됩니다, 노점상이 노래했다.

기댈 필요 없어, 밸러드가 말했다. 그는 다섯 번 쏘았고, 사격 사이사이에 라이플을 내려놓았다. 다 쏘고 나자 그는 위를 가리켰다. 저기 저 큰 곰 줘, 그가 말했다.

노점상은 철사를 따라 작은 카드를 옮겨 핀에서 떼어낸 다음 밸러드에게 건네주었다. 이기려면 카드에서 빨간 걸 다 없애야 됩니다, 그가 말했다. 그는 다른 데를 보고 있었고 심지어 밸러드에게 말을 하는 것 같지도 않았다.

밸러드는 손에 카드를 쥐고 살펴보았다. 여기 이거 말이야? 그가 말했다.

빨간 게 다 지워져야 됩니다.

밸러드의 카드에는 가운데 구멍이 딱 하나 있었다. 구멍 한쪽 가장자리를 따라 빨간 실보무라지가 아주 미미하게 남아 있었다.

젠장 쏘지 뭐, 밸러드가 말했다. 그는 십 센트짜리 세 개를 또 카운터에 탕 내려놓았다. 어서들 앞으로 나오세요, 노점상이 라이플에 장전을 하면서 말했다.

이번에 카드가 돌아왔을 때는 현미경으로 보아도 빨간색을 찾을 수 없을 것 같았다. 노점상은 크고 묵직한 모헤어* 테디베어를 내려줬고 밸러드는 십 센트짜리 세 개를 다시 탁 얹었다.

그가 곰 두 마리에 사자 한 마리를 얻고 작은 규모의 관객까지 생기자 노점상은 그에게서 라이플을 빼앗았다. 이제 그만, 친구, 노점상이 작고 날카로운 소리로 말했다.

---

* 앙고라염소의 털.

몇 번까지 딸 수 있다는 말은 한 적 없잖아.

어서들 앞으로 나오세요, 노점상이 노래를 했다. 다음은 누구. 한 사람이 커다란 일등상을 세 번까지 탈 수 있습니다. 우리의 최고의 승자는 누가 될까요.

밸러드는 곰들과 호랑이를 끌어안고 군중을 뚫고 움직이기 시작했다. 어머나 저 사람이 딴 것 좀 봐, 한 여자가 말했다. 밸러드는 딱딱하게 미소를 지었다. 젊은 여자들의 얼굴이 둥둥 떠서 지나갔다, 크림처럼 순하고 부드러웠다. 몇 명은 탐내는 눈길로 그의 장난감을 보았다. 군중은 들판 가장자리를 향해 움직이며 모이고 있었고 밸러드도 그 가운데 한 사람이었다. 한밤의 어떤 시합이 시작되기를 기다리며 어둠 안쪽을 지켜보는 시골 사람들의 바다.

들에서 빛 하나가 타닥타닥하며 떠오르더니 파란 꼬리가 달린 로켓이 큰개자리를 향해 미끄러지듯 날아갔다. 로켓은 하늘을 향해 젖혀진 그들의 얼굴 위 높은 곳에서 터졌고, 불이 붙은 글리세린 비말들이 밤을 가로질러 확 퍼지다가 느슨하게 풀리는 뜨거운 빛 띠들이 되어 하늘을 따라 자취를 남기면서 내려오다 곧 타버리고 무無로 돌아갔다. 또하나가 쉬익 소리를 길게 끌면서 꼬리를 좌우로 흔들며 위로 높이 올라갔다. 그것이 펼쳐지며 꽃처럼 피어나는 곳에서 마치 그 그림자처럼, 앞서 사라진 로

켓의 이미지가 보였는데, 검은 연기가 훅 피어오르고 잿빛 자취가 호를 그리며 밖으로 뻗다가 내려오는 모습이 하늘에 쭈그리고 앉은 거대한 검은 메두사 같았다. 꽃처럼 피어나는 빛 속에서, 들에 나가 암살자나 다리 폭파범처럼 폭죽 상자 위에 웅크리고 있는 사람 둘도 볼 수 있었다. 또 얼굴들 사이에서 입술에 캔디애플을 대고 눈을 크게 뜨고 있는 젊은 여자도 볼 수 있었다. 그녀의 옅은 색 머리카락에서는 비누 냄새가 났다. 어떤 중세 축제의 유황과 역청 불빛 아래에서 넋을 잃고 있는, 긴 세월 너머에서 온 여자아이. 하늘 길이의 늘씬한 초가 그녀 눈의 검은 웅덩이들을 꿰었다. 그녀의 주먹이 쥐어졌다. 이 부서지는 유황의 은하 속에서 그녀는 곰들을 안은 남자가 자신을 지켜보고 있는 것을 보고 옆에 있는 젊은 여자에게 바싹 다가가며 두 손가락으로 얼른 머리를 빗었다.

밸러드는 어둠으로부터 눈이 꽉 찬 고사리 다발들을 끌고 들어와 마르거나 언 것을 부수어 한줌씩 난로에 쑤셔넣기 시작했다. 바닥의 램프는 바람에 펄럭거리며 타오르고 바람은 연도煙道에서 신음을 토한다. 벽의 갈라진 틈으로 들이친 눈이 마룻바닥에 그 틈들이 그리는 무늬를 그대로 비뚜름하게 인쇄해놓았고 바람은 판지 유리창의 껍데기를 벗긴다. 밸러드는 헛간 다락에서 훔친 콩 줄기 받치는 막대를 한아름 들고 들어왔고 이제 그것들을 부러뜨려 고사리 위에 쌓는다.

불이 피어오르자 브로건을 벗어 노 위에 올리고 뭉친 양말을 발가락에서 잡아빼 널어 말린다. 그는 앉아서 라이플을 말리고 총알을 빼 무릎에 늘어놓아 말리고 기계장치를 닦고 거기에 기름칠을 하고 리시버 총열 탄창에 기름칠을 하고 라이플을 다시 장전하고 총알을 약실에 집어넣고 공이치기를 내리고 라이플을 그의 옆 바닥에 뉘어놓는다.

그가 불에 구운 옥수수빵은 그냥 곡물을 으깨고 물을 섞은 엉성한 곤죽이다. 납작하고 맛없는 껍질을 나무처럼 씹고 물을 마셔 씻어내린다. 곰 두 마리와 호랑이가 벽에서 지켜보고 있다. 불빛에 빛나는 플라스틱 눈들과 삐져나온 빨간 플란넬 혀.

사냥개들이 산마루의 비탈에서 눈을 가로지르며 가늘고 어두운 선을 한 줄 남겼다. 한참 아래 그들이 추격하는 멧돼지는 뻣뻣한 다리로 성큼성큼 묘하게 달리며 사선으로 움직이고 있었다. 겨울 풍경을 배경으로 등이 우뚝했고 아주 검었다. 그 옆은 푸른색 광활한 공허에서 사냥개들의 목소리가 악마 요들 가수의 외침처럼 메아리쳤다.

멧돼지는 강을 건너고 싶지 않았다. 정작 건넜을 때는 너무 늦었다. 멧돼지는 만질만질하게 변한 모습으로 김을 뿜으며 강가 버드나무에서 나와 평원을 가로지르기 시작했다. 뒤에서 개들이 히스테리에 사로잡혀 곤두박질치듯 산비탈을 내려왔고, 그들 주위에서 눈이 폭발했다. 물에 뛰어들자 뜨거운 돌처럼 그들의 몸에서 연기가 났고 덤불에서 나와 평원에 올라섰을 때는 창백한 증기구름 속에서 움직였다.

멧돼지는 첫 사냥개가 자기에게 다다르고 나서야 몸을 돌렸다. 그는 빙그르 돌아 개를 공격하고 계속 갔다. 개들이 떼를 지어 그의 뒷몸 위로 몰려들자 몸을 돌려 면도날 같은 엄니로 찌르며 앉은 자세로 두 앞발을 들어올렸지만 몸을 피할 곳이 없었다. 그는 으르렁거리는 사냥개들의 바퀴에 말려든 채 계속 방향을 틀었고, 마침내 한 마리를 붙들어 몰아대며 엄니로 찔러 내장을 꺼냈다. 다시 방향을 틀어 옆구리를 보호하려 했으나 그럴 수가 없었다.

밸러드는 기울고 회전하고 눈을 파고들어 진흙을 휘젓는 이 발레를 지켜보았고, 매혹적인 피가 넘실거리며 그 자리에 전투를 기록하고 파열된 허파에서 터져나와 흩어지는 것을 지켜보았다. 시커먼 심장의 피, 바람개비처럼 돌아가고 피루엣*을 하다가 마침내 총소리들이 울려퍼지면서 다 끝났다. 어린 사냥개 한 마리는 멧돼지의 귀를 물고 당겼고 다른 한 마리는 밝은색 밧줄 같은 내장을 눈 위에 포개놓은 채 죽어 쓰러졌고 또 한 마리는 낑낑거리며 자기 몸을 질질 끌고 이리저리 움직이고 있었다. 밸러

---

* 발레에서 한 발을 축으로 팽이처럼 도는 동작.

드는 호주머니에서 두 손을 꺼내 나무에 기대두었던 라이플을 집어들었다. 무장을 하고 몸을 꼿꼿이 세운 작은 형체 둘이 강을 따라 움직이고 있었다. 흐릿해지는 빛을 등진 채 서둘고 있었다.

용광로 불이 연기를 피우고 대장장이의 실루엣이 어떤 작업물 위에 거대하게 서 있는 한쪽 구석의 희미한 빛을 제외하면 침침하거나 거의 빛이 없는 대장간. 주운 녹슨 도끼머리를 들고 문간에 있는 밸러드.

잘 잤나, 대장장이가 말했다.

잘 잤어.

무슨 일인가?

도끼날을 갈아야 해서.

그는 흙바닥을 가로질러 대장장이가 모루 위쪽으로 우뚝 서 있는 곳까지 갔다. 건물의 여러 벽에 온갖 종류의 도구가 걸려 있었다. 농기계와 자동차 부품이 사방에 흩어져 있었다.

대장장이가 턱을 앞으로 쑥 내밀며 도끼머리를 보았다. 그건 가? 그가 말했다.

이거야.

대장장이는 도끼머리를 손에 쥐고 돌려보았다. 이건 갈아봤자 소용없겠는데. 그가 말했다.

소용없어?

손잡이로는 뭘 쓰려고?

하나 구해볼까 생각하고 있어.

대장장이는 도끼머리를 쳐들었다. 그냥 도끼를 갈고 또 간다고 되는 게 아니야. 그가 말했다. 얼마나 뭉툭해졌는지 보겠나?

밸러드는 보았다.

잠깐 기다리면 여기 철물점에서 새로 살 수 있는 어떤 개똥 같은 도끼와 비교해도 훨씬 잘 들도록 도끼를 손질하는 걸 보여주지.

돈이 얼마나 드는데?

새 손잡이까지 다 해서 말인가.

그렇지, 새 손잡이까지.

이 달러 들어.

이 달러.

그래. 손잡이가 일 달러 이십오거든.

그냥 이십오 정도에 그걸 갈기만 할까 생각했는데.

절대 그걸로는 만족하지 못할 거야, 대장장이가 말했다.

사 달러에 새걸 구할 수도 있어.

나 같으면 새걸 두 개 하는 거보다 이거 하날 제대로 손볼 거야.

글쎄.

어쩌겠나.

좋아.

대장장이는 도끼를 불에 꽂고 크랭크를 몇 번 돌렸다. 날 밑에서 노란 불길이 튀어올랐다. 그들은 지켜보았다.

불을 높이 유지해야지, 대장장이가 말했다. 송풍구 쇠 위로 삼 내지 사 인치. 해에 내놓지 않은 좋은 석탄으로 깨끗한 불을 피우는 게 좋아.

그는 집게로 도끼머리를 돌렸다. 노란색이 좋을 때 처음 달구면서 일을 해나가지. 아직 충분히 뜨거운 건 아니야. 용광로는 아무 소리도 내지 않았지만 그는 목소리를 높여 이런 말을 하고 있었다. 그는 다시 크랭크를 돌렸고 그들은 다시 불꽃이 튀는 것을 보았다.

너무 빠르지 않게, 대장장이가 말했다. 천천히. 그렇게 달구는 거야. 색깔을 잘 봐. 혹시라도 흰색이 되면 망친 거야. 지금 나온다.

그는 도끼머리를 불에서 끌어내, 열로 떨리며 투명한 노란색으로 빛나는 그것을 흔들다가 모루에 올려놓았다.

자 이제 납작한 데만 작업하는 걸 잘 봐, 그가 말하며 망치를 집어들었다. 그리고 날을 두드리기 시작했다. 그는 망치를 휘둘렀고 부드러운 강철은 타격을 받아 묘하게 둔탁한 울림을 전했다. 그는 날 양쪽을 두드리고 도끼머리를 다시 불속에 집어넣었다.

이 아가씨를 다시 달구는데 이번에는 아까만큼 불이 높지는 않아. 짙은 빨간색이면 돼. 그는 집게를 모루에 놓고 시선을 불에 고정한 채 두 손바닥을 앞치마에 세게 문질러 내렸다. 저걸 잘 봐, 그가 말했다. 절대 달궈지는 데 필요한 것 이상으로 철을 불에 오래 두지 마. 어떤 사람들은 다른 걸 집적거리느라 달구고 있는 연장을 그대로 둬서 망치지만 제대로 하려면 우아한 색깔이 보이는 순간 꺼내야 돼. 자 우리는 짙은 빨간색을 원해. 짙은 빨간색을 원한다고. 자 왔다.

그는 집게로 도끼머리를 다시 모루에 올려놓았고, 짙은 주황색의 날에는 밝은 열이 점점이 박혀 있었다.

이제 두번째 달구고 날에서부터 뒤로 망치질을 하는 걸 봐.

망치는 두들기며 완전히 금속성은 아닌 그 소리를 내고.

한 일 인치쯤 뒤로. 이 아가씨가 확 타오르는 걸 봐. 되기만 하면 폭이 삽처럼 넓어지게 놔두자고. 하지만 가장자리까지는 절대 망치를 대지 않아, 그러면 납작한 데 집어넣은 근육이 빠지거든.

그는 꾸준하게 힘들이지 않고 망치질을 했고 날은 식어 마침내 빛이 흐릿해지면서 희미하게 고동치는 핏빛이 되었다. 밸러드는 가게 안 여기저기를 흘끔거렸다. 대장장이는 모루에 꽂은 끝에 날을 얹고 큰 망치를 이용해 확 타올라 넓어진 가장자리를 끊어냈다. 이런 식으로 폭을 줄이는 거야, 그가 말했다. 이제 한 번 더 달궈서 이 아이를 강하게 만들어야지.

그는 도끼날을 불에 집어넣고 크랭크를 돌렸다. 이번에는 낮은 열을 받게 할 거야, 그가 말했다. 딱 일 분만. 딱 그렇게 해서 이 아가씨가 빛나는 걸 볼 수 있으면 되는 거야. 됐네.

이제 망치로 양면을 아주 잘 쳐야지. 그는 짧은 타격으로 두들겼다. 도끼머리를 돌려 반대편 작업을 했다. 이 아이가 얼마나 검어지는지 봐, 그가 말했다. 깜둥이 엉덩이처럼 까맣게 반짝거리지. 그게 쇠를 눌러 굳혀서 강하게 만드는 거야. 이제 이 아가씨가 단단해질 준비가 됐군.

그들은 도끼가 열을 받는 동안 기다렸다. 대장장이는 끝이 벌어진 시가 꽁초를 앞치마 주머니에서 꺼내더니 용광로에서 꺼낸 석탄으로 불을 붙였다. 딱 우리가 작업한 부분만 달구는 게 좋아. 열이 낮을수록 더 잘 단단해질 거야. 옅은 체리빛 빨강이 적당하지. 어떤 사람들은 기름에 식히려고 하지만 열이 낮을 때는 물이 불려줘. 물을 부드럽게 만들려면 소금을 조금 넣고. 부드러운 물, 단단한 쇠. 이제 됐군. 이제 이 아가씨를 들어올려서 담가, 북쪽으로 담가. 날을 똑바로 해서 아래로, 이렇게. 그는 식히는 물통에 떨리는 도끼날을 담갔고 김이 둥글게 피어올랐다. 금속은 잠시 쉿 소리를 내다 조용해졌다. 대장장이는 도끼머리를 담근 채 위아래로 움직였다. 천천히 식혀야 금이 가지 않아, 그가 말했다. 자. 이제 광택을 내고 담금질한 걸 늘여야지.

그는 사포로 싼 막대기로 날을 반짝거리게 만들었다. 집게로 도끼머리를 붙들고 천천히 불 위에서 왔다갔다했다. 불에 닿지 않게 하면서 계속 움직였다. 이렇게 하면 이 아가씨가 고르게 늘어나지. 이제 이 아가씨가 노래지고 있어. 어떤 연장은 이게 좋지만 이 아가씨는 파랗게 불릴 거야. 자 이제 갈색으로 바뀌지. 지금 잘 봐. 저기 보이나?

그는 도끼머리를 불에서 꺼내 모루에 놓았다. 아가씨를 잘 보면서 불린 게 구석에서 먼저 달아나지 않게 해야 돼. 늘 그렇게 되도록 불을 가꿔야 해.

끝난 건가? 밸러드가 물었다.

끝난 거야. 이제 손잡이를 끼우고 갈면 가도 돼.

밸러드는 고개를 끄덕였다.

다른 많은 것과 똑같아, 대장장이가 말했다. 가장 작은 걸 엉터리로 하면 죄다 엉터리로 하는 셈이지. 그는 이제 통에 세워져 있는 손잡이들 사이에서 하나를 고르고 있었다. 본다고 이걸 따라 할 수 있다고 생각하나? 그가 말했다.

　뭘 해. 밸러드가 말했다.

그는 비탈을 따라 내려가기 시작해 허벅지까지 오는 눈 속으로 몸을 비틀며 들어갔고, 한 손으로 쥔 라이플을 머리 위로 든 채 쓸려온 눈 속에 뒹굴었다. 몸이 포도덩굴에 걸렸고 흔들리다 멈추었다. 부드러운 망토 같은 눈 위로 낙엽과 잔가지가 소나기처럼 쏟아졌다. 그는 셔츠 칼라에서 지스러기들을 꺼내며 다음에 멈출 곳을 찾아 비탈 아래를 내려다보았다.

산 아래 평평한 곳에 이르자 작은 삼나무와 소나무 숲속이었다. 그는 토끼가 다니는 길들을 쫓아 이 숲을 통과했다. 눈이 녹았다 다시 얼면서 맨 위에는 이제 얇은 막이 생겼고 날은 몹시 추웠다. 숲속의 빈터에 들어서자 개똥지빠귀 한 마리가 날아갔다. 또 한 마리. 그들은 날개를 높이 들어올리고 눈 위를 경쾌하게 달려갔다. 밸러드는 더 자세히 살폈다. 개똥지빠귀 한 무리가 삼나무 한 그루 아래에 웅크리고 있었다. 그가 다가가자 새들은 두 마리 세 마리씩 움직이기 시작하여 눈의 껍질 위에서 날개를 질질 끌며 폴짝폴짝 뛰거나 절뚝거렸다. 밸러드는 그들을 쫓아 달려갔다. 새들은 몸을 피하며 날개를 퍼덕였다. 그는 넘어졌다가 일어나 웃음을 터뜨리며 달려갔다. 따뜻하고 깃털이 덮인 한 마리를 잡아 손바닥에 쥐었고 새의 심장은 거기에서 그렇게 뛰고 있었다.

그는 바큇자국이 난 진입로를 올라가 콘크리트 블록들에 받쳐 땅에 놓은, 한 부분이 잘려나간 차 지붕을 지나갔다. 전등 줄이 진창을 가로질러 달려갔고 차 지붕 밑에 전구 하나가 타오르고 있었으며 우울해 보이는 닭 한 무리가 웅크리고 꼬꼬댁거리고 있었다. 밸러드는 포치 바닥을 두드렸다. 추운 잿빛 날이었다. 지붕 위로 갈색을 띤 연기가 걸쭉한 응혈처럼 소용돌이쳤고, 누더기 같은 눈이 숯검정을 점점이 박은 채 잿빛으로 레이스 무늬를 그리며 마당 군데군데에 깔려 있었다. 그는 자신의 가슴에 기댄 새를 슬쩍 내려다보았다. 문이 열렸다.

들어와, 얇은 면 실내복을 입은 여자가 말했다.

그는 포치 층계를 올라가 집으로 들어갔다. 그는 여자와 이야기를 했지만 눈은 딸에게 가 있었다. 그녀는 불안한 모습으로 집안을 움직였다. 젖통과 통통한 젊은 궁둥이와 맨살이 드러난 다리. 많이 춥지? 밸러드가 말했다.

날씨가 왜 이 모양인지, 여자가 말했다.

저 아이한테 예쁜 장난감을 가져왔어, 밸러드가 말하며 바닥에 있는 것을 향해 고개를 끄덕였다.

여자가 바닥이 얕은 접시 모양의 얼굴을 그에게 돌렸다. 뭘 했다고? 그녀가 말했다.

저 아이한테 예쁜 장난감을 가져왔다고. 이걸 봐.

그는 셔츠에서 반쯤 언 개똥지빠귀를 꺼내 내밀었다. 새는 고개를 돌렸다. 눈을 깜빡였다.

여기 봐라, 빌리. 여자가 말했다.

그것은 보지 않았다. 집의 아래쪽 영역에 거주하는 영장류, 거대한 머리엔 머리카락이 거의 없고 침을 질질 흘리고 있었다. 그것은 흰 마루판과 망치로 평평하게 편 통조림 캔을 박아넣은 구멍이 너무나 익숙하고, 제철에 나타나는 바퀴와 털이 많은 커다란 거미들의 배우자 노릇을 했으며, 뭔지 알 수 없는 눌어붙은 오물에 늘 더럽혀지고 시달렸다.

여기 네 예쁜 장난감.

개똥지빠귀가 바닥을 가로지르기 시작하자 날개는 큰 삼각돛처럼 흔들렸다. 새는 살펴보았다…… 무엇을? 아이를? 아이를, 그리고 구석 쪽을 향해 방향을 틀었다. 아이의 흐릿한 눈이 따라갔다. 아이는 꿈틀거리며 느릿느릿 움직이기 시작했다.

밸러드는 새를 잡아 건넸다. 아이는 통통한 잿빛 두 손으로 그것을 잡았다.

저걸 죽일 거야, 젊은 여자가 말했다.

밸러드는 젊은 여자를 보고 싱글거렸다. 자기 거니까 죽이고 싶으면 죽여도 돼, 그가 말했다.

젊은 여자는 그를 향해 입을 내밀었다. 츳, 그녀가 내뱉었다.

가져다줄 게 생겼어, 밸러드가 그녀에게 말했다.

댁한테 생기는 것 중에 내가 원하는 건 없어, 그녀가 말했다.

밸러드는 싱글거렸다.

스토브에 뜨거운 커피가 좀 있어, 부엌에서 여자가 말했다. 한 잔 줄까?

뭐 한 잔 정도 나쁠 것 없겠지, 밸러드가 말하고 두 손을 비비며 얼마나 추운지 모르겠다고 덧붙였다.

그의 앞에 있는 부엌 탁자에 놓인 거대한 하얀 도기 잔, 방의 냉기 때문에 그가 등지고 앉은 하나뿐인 창 옆으로 피어오르는 하얀 김과 바랜 꽃무늬 유포油布에 응축되는 습기. 그는 캔에 든 우유를 기울여 따르고 저었다.

랠프가 몇시에 들어올 것 같아?

말 안 했는데.

흠.

원하면 그냥 기다려도 돼.

흠. 잠깐 기다려보지. 안 오면 그냥 가고.

그는 뒷문이 닫히는 소리를 들었다. 젊은 여자가 바큇자국이 난 진창길을 따라 변소로 가는 게 보였다. 그는 여자를 보았다. 식기 찬장에서 비스킷을 굴려 꺼내고 있었다. 다시 얼른 창을 내다보았다. 젊은 여자는 변소 문을 열고 들어가서 닫았다. 밸러드는 얼굴을 내려 컵에서 피어오르는 김 안에 들이밀었다.

랠프는 오지 않았고 오지 않았다. 밸러드는 커피를 다 마시고 나서 맛있다 됐다 더 안 마셔도 된다고 말하고 그 말을 다시 하고는 가는 게 좋겠다고 말했다.

여기 좀 봤으면 좋겠어 엄마, 젊은 여자가 다른 방에서 말했다.

뭔데? 여자가 말했다.

밸러드는 일어섰고 불안한 표정으로 몸을 뻗고 있었다. 가는 게 좋겠어, 그가 말했다.

기다리고 싶으면 그냥 기다려도 돼.

엄마.

밸러드는 앞방 쪽을 보았다. 새가 바닥에 웅크리고 있었다. 젊은 여자가 문간에 나타났다. 여기 좀 보면 좋겠다니까, 그녀가 말했다.

뭔데? 여자가 말했다.

젊은 여자는 아이를 가리키고 있었다. 아이는 전과 마찬가지로 앉아 있었다. 작은 잿빛 셔츠를 입고 비틀거리는 역겨운 장난감. 입에 피가 묻어 있었고 씹고 있었다. 밸러드는 문을 통해 방으로 들어가 새를 집으려고 허리를 굽혔다. 새는 바닥에서 퍼덕거리다 쓰러졌다. 그는 새를 집어들었다. 부드러운 솜털 속에서 작고 빨간 덩어리가 움직이고 있었다. 밸러드는 새를 얼른 내려놓았다.

저애가 그걸 갖지 못하게 하라고 말했잖아, 젊은 여자가 말했다.

새는 바닥에서 허우적거렸다.

여자가 문에 와 있었다. 그녀는 두 손을 앞치마에 닦고 있었다. 모두 새를 보고 있었다. 여자가 말했다, 저거한테 무슨 짓을 한 거야?

다리를 떼서 씹었어, 젊은 여자가 말했다.

밸러드가 불안한 표정으로 싱긋 웃었다. 달아나지 못하게 하려고 그랬나보지, 그가 말했다.

내가 저 정도로 생각 없는 인간이라면 난 죽고 말 거야, 젊은 여자가 말했다.

조용히 해, 여자가 말했다. 저거 먹고 아프기 전에 저 지저분한 걸 재 입에서 꺼내.

내가 듣지 못한 얘기는 하나도 없어. 그 사람 할아버지가 기억나는군, 이름은 릴런드, 노인으로 전쟁 연금을 받고 있었지. 이십년대 말에 죽었어. 연방군에 있던 걸로 되어 있었지. 하지만 그 사람이 전쟁 내내 아무것도 한 게 없이 숲으로 숨어다녔다는 건 다 아는 사실이었어. 사람들이 그 사람을 찾으러 두세 번 왔지. 젠장, 그 사람은 전쟁에 나간 적이 없어. 캐머런 노인네가 그 이야기를 해줬는데 그 노인네가 거짓말을 해야 할 이유를 모르겠어. 사람들은 릴런드 밸러드를 데리러 와서 헛간이며 훈연실이며 여기저기 뒤지고 다녔고 그동안 그자는 숲에서 빠져나가 그들의 말이 있는 곳으로 살금살금 다가가 하사의 안장에서 가죽을 잘라냈어, 자기 신발 앞창에 대려고 말이야.

아니, 그 사람이 그 연금을 어떻게 타게 됐는지는 나도 몰라. 거짓말을 했겠지, 아마도. 서비어 카운티는 등록된 유권자보다 많은 사람을 연방군에 집어넣었지만 그 사람은 그중 하나가 아니었어. 그냥 연금을 요청할 만큼 뻔뻔스러운 유일한 사람이었을 뿐이지.

그 사람이 군인은 아니었지만 분명히 그거이기는 했어. 맹세코 화이트캡*이었다고.

오 그래. 그거였지. 남동생이 있었는데 그 사람도 그거였고 그 무렵 여기서 달아났어. 그 사람이 미시시피 해티스버그에서 교수형을 당했다는 건 다 아는 사실이야. 그걸 보면 장소가 문제가 아니란 걸 알 수 있지. 어디 살든 간에 교수형을 당했을 테니까.

하지만 레스터에 관해서는 한 가지 말해둘게. 원한다면 아담까지 거슬러올라가도 좋지만 녀석이 그 모두를 능가하지 않는다면 내가 저주를 받을 거야.

그게 하느님의 진실이야.

레스터 이야기를 하자면……

그 녀석 이야기를 하고 있으라고. 나는 집에서 저녁을 차려놓고 기다리고 있어서.

---

* 1892년 서비어 카운티에서 결성된 폭력적인 자경단인 화이트캡스의 단원.

2부

십이월 초순 어느 추운 겨울 아침 밸러드는 사냥한 다람쥐 한 쌍을 허리띠에 걸어 늘어뜨린 채 프로그산을 내려와 프로그산 도로에 올라섰다. 차 돌리는 공터 쪽을 돌아보자 차 한 대가 부드럽게 엔진 돌아가는 소리를 내고 있는 게 보였고 파란 연기가 차가운 아침 공기 속으로 똬리를 틀며 올라가고 있었다. 밸러드는 도로를 건너 잡초를 헤치며 아래쪽으로 내려간 뒤 숲을 가로질러 올라가 공터 위쪽에서 몸을 내밀었다. 차는 조금 전과 마찬가지로 공회전을 하고 있었다. 안에는 아무도 보이지 않았다.

그는 길가의 식물을 따라가다가 차에서 삼십 피트 떨어진 곳에 이르렀을 때 마침내 발을 멈추고 지켜보았다. 엔진이 꾸준히 움직이는 소리가 들렸고 조용한 아침의 산비탈 어딘가에서 희미하게 기타 소리와 노랫소리도 들렸다. 잠시 후 그 소리가 멈추었고 이제는 목소리를 들을 수 있었다.

라디오네, 그가 말했다.

차에는 인기척이 전혀 없었다. 유리는 뿌옜지만 안에 누가 있는 것처럼 보이지는 않았다.

그는 덤불에서 나와 차를 지나쳐 계속 걸어내려갔다. 혹시 누가 관심을 가진다 해도 그는 길을 따라 걸어가는 다람쥐 사냥꾼일 뿐이었다. 그는 자동차 옆을 지나가다 안을 보았다. 앞자리는 비어 있었지만 뒤에는 두 사람이 반쯤 벗은 채 함께 팔다리를 제멋대로 뻗고 있었다. 맨살이 드러난 허벅지. 위로 젖혀진 팔. 털이 덥수룩한 볼기. 밸러드는 계속 걸었다. 그러다 멈추었다. 눈한 쌍이 눈꺼풀 없이 고정된 채 응시하고 있었다.

그는 몸을 돌려 차로 돌아갔다. 불안한 눈으로 창문을 통해 아래를 살폈다. 흐트러진 옷들과 뒤틀린 팔다리 사이로 또다른 눈한 쌍이 덤덤한 하얀 얼굴로부터 빈 눈으로 지켜보고 있었다. 젊은 여자였다. 밸러드는 유리를 두드렸다. 라디오의 남자가 말했다. 다음 곡은 특히 아파서 밖에 나오지 못하는 모든 분께 바치고 싶습니다. 산의 차갑고 쓸쓸한 공기 속에서 까마귀 두 마리가 가늘고 요란한 외침을 내질렀다.

밸러드는 라이플을 쏠 준비를 하고 차문을 열었다. 남자는 여자의 두 허벅지 사이에 몸을 뻗고 엎드려 있었다. 이봐, 밸러드가 말했다.

주님의 꽃다발을 위해 꽃을 꺾네.

절대 시들지 않는 아름다운 꽃.

밸러드는 운전대 옆자리 가장자리에 앉아 팔을 뻗어 라디오를 껐다. 엔진이 부릉 부릉 부릉 소리를 냈다. 그는 아래를 살피다 열쇠가 보이자 엔진을 껐다. 차 안은 아주 조용했고 그들 셋뿐이었다. 그는 의자에 무릎을 꿇고 뒤쪽으로 몸을 기울여 다른 둘을 살폈다. 팔을 뻗어 남자의 어깨를 쥐고 잡아당겼다. 남자의 팔이 의자에서 차 바닥으로 떨어졌고 밸러드는 이 예기치 않은 움직임에 뒤로 몸을 일으키다 지붕에 머리를 찧었다.

그는 욕도 내뱉지 않았다. 그대로 무릎을 꿇은 채 두 몸뚱어리를 응시하고 있었다. 이 개자식들은 지옥보다 더 죽었구먼, 그가 말했다.

젊은 여자의 젖가슴 하나가 보였다. 블라우스가 열리고 브래지어가 목둘레로 밀려올라가 있었다. 밸러드는 오랫동안 물끄러미 보았다. 마침내 죽은 남자의 등을 넘어 젖가슴을 만졌다. 말랑말랑하고 차가웠다. 튀어나온 갈색 젖꼭지를 엄지로 쓰다듬었다.

그는 여전히 라이플을 들고 있었다. 의자에서 뒤로 빠져나와 도로에 서서 둘러보고 귀를 기울였다. 새가 우는 소리조차 들리지 않았다. 그는 다람쥐들을 허리띠에서 꺼내 차 위에 올려놓고 라이플을 펜더에 기대놓은 다음 다시 들어갔다. 의자 위로 몸을 기울여 남자를 잡고 끌어 여자에게서 떼어내려 했다. 몸은 무겁게 뻗은 상태였고 머리는 축 늘어져 있었다. 밸러드는 그를 옆으로 끌어냈지만 앞좌석 등받이 뒤쪽에 그의 몸이 꽉 끼었다. 이제 여자를 더 잘 볼 수 있었다. 밸러드는 팔을 뻗어 다른 젖가슴도 쓰다듬었다. 한참 동안 그러다가 엄지로 눈을 밀어 감겼다. 젊고 아주 예뻤다. 밸러드는 추워서 차의 앞문을 닫았다. 팔을 아래로 뻗어 다시 남자를 잡았다. 허공에 걸려 있는 것 같았다. 셔츠 차림이고 바지는 구두까지 내려가 있었다. 밸러드는 어떤 둔한 혐오감을 느끼며 차가운 살이 드러난 좌골을 잡고 끌어당겨 몸을 뒤집었다. 몸이 굴러나와 두 좌석 사이로 미끄러지며 바닥으로 떨어져 한쪽 눈은 뜨고 한쪽 눈은 반쯤 감은 채 위를 응시하며 누웠다.

아이구야, 밸러드가 내뱉었다. 죽은 남자의 음경, 축축한 노란 콘돔이 씌워진 그것이 뻣뻣하게 그를 가리키고 있었다.

그는 차에서 뒤로 빠져나가 라이플을 들고 도로 아래쪽을 볼 수 있는 곳으로 갔다. 다시 돌아와 차문을 닫고 반대편으로 돌아갔다. 몹시 추웠다. 잠시 후 그는 다시 차 안으로 들어갔다. 여자는 눈을 감은 채 누워 있었다. 두 젖가슴은 열린 블라우스에서 빼꼼히 내다보고 창백한 허벅지는 벌어져 있었다. 밸러드는 좌석 위쪽으로 기어올라갔다.

죽은 남자가 차 바닥에서 그를 지켜보고 있었다. 밸러드는 걸리적거리는 그의 두 발을 걷어차고 여자의 팬티를 바닥에서 집어들어 코에 대고 킁킁거린 다음 호주머니에 집어넣었다. 그는 뒤쪽 창밖을 내다보며 귀를 기울였다. 여자의 두 다리 사이에 무릎을 꿇고 버클을 푼 다음 바지를 내렸다.

차가운 주검 위에서 용을 쓰며 날뛰는 체조선수. 그는 밀랍 같은 귀에 대고 그동안 여자에게 하겠다고 생각했던 모든 말을 쏟아부었다. 여자가 그의 말을 듣지 않았다고 누가 말할 수 있을까? 끝났을 때 그는 몸을 쳐들고 다시 밖을 내다봤다. 창은 뿌옜다. 그는 여자의 치마 가두리를 집어 자신의 몸을 닦았다. 그는 죽은 남자의 두 다리를 딛고 서 있었다. 죽은 남자의 물건은 여전히 서 있었다. 밸러드는 좌석 위로 기어올라가 문을 열고 도로로 나섰다. 셔츠 자락을 바지에 집어넣고 버클을 채웠다. 라이플을 집어들고 도로를 따라 내려가기 시작했다. 오래 가지 않아 발을 멈추고 돌아왔다. 처음 눈에 보인 것은 지붕의 다람쥐였다. 그는 다람쥐를 셔츠 안에 넣은 다음 문을 열고 손을 들이밀어 열쇠를 돌리고 시동 단추를 눌렀다. 정적 속에서 크랭크가 시끄럽게 돌아가더니 모터가 살아났다. 그는 연료계를 보았다. 바늘은 사분의 일이 남았다는 것을 보여주었다. 그는 뒤쪽의 몸뚱어리들을 흘끗 보고 문을 닫은 다음 다시 도로를 따라 내려가기 시작했다.

사분의 일 마일쯤 갔을 때 다시 걸음을 멈추었다. 도로 한가운데 서서 똑바로 앞을 보았다. 젠장 바보같이, 그가 말했다. 그는 다시 도로를 따라 올라갔다. 이내 뛰기 시작했다.

마침내 다다랐을 때 차는 여전히 부릉거리고 있었고 밸러드는 숨을 헐떡거리며 차가운 공기를 길게 몇 순갈씩 목구멍으로 빨아들여 타는 허파로 내려보냈다. 그는 문을 잡아채 열고 안으로 기어들어가 뒷좌석으로 팔을 뻗어 죽은 남자의 바지 뒷주머니가 손에 닿을 때까지 바지를 잡아당겨 손을 넣고 지갑을 잡았다. 지갑을 꺼내 펼쳤다. 작고 누런 글라신페이퍼 창 안의 가족사진들. 그는 얄팍하게 느껴지는 지폐를 꺼내 세어보았다. 십팔 달러. 그는 돈을 접어 자기 주머니에 쑤셔넣고 지갑은 남자의 호주머니에 도로 집어넣은 다음 차에서 뒤로 기어나와 문을 닫았다. 돈을 호주머니에서 꺼내 다시 세어보았다. 라이플을 집으려다가 잠시 멈추더니 다시 차 안으로 기어들어갔다.

그는 뒤쪽 바닥을 쭉 보고 좌석을 쭉 보고 주검들 밑을 더듬었다. 그리고 앞쪽을 보았다. 그녀의 핸드백은 그곳의 좌석 옆 바닥에 있었다. 그는 핸드백을 열고 잔돈 지갑을 꺼내 은화 몇 개와 꼬깃꼬깃 뭉쳐진 지폐 두 장을 꺼냈다. 핸드백을 뒤져 립스틱과 볼연지를 집어 호주머니에 넣고 핸드백을 닫은 다음 그것을 허벅지에 올려놓고 잠시 앉아 있었다. 이윽고 대시보드의 글러브박스를 보았다. 손을 뻗어 단추를 누르자 아래로 툭 떨어지며 열렸다. 안에는 서류와 손전등과 파인트들이 인증 위스키* 한 병이 있었다. 밸러드는 병을 꺼내 쳐들었다. 삼분의 이가 남아 있었다. 그는 글러브박스를 닫고 차에서 내려 병을 호주머니에 넣고 차문을 닫았다. 안의 여자를 다시 한번 들여다보고 도로를 따라 내려가기 시작했다. 몇 걸음 가지 않아 걸음을 멈추고 다시 돌아왔다. 그는 차문을 열고 팔을 뻗어 라디오를 켰다. 화요일 밤에 우리는 불스 갭 학교에 있을 겁니다, 라디오가 말했다. 밸러드는 문을 닫고 도로를 따라 내려갔다. 한참 후 걸음을 멈추고 병을 꺼내 마시고 다시 걸었다.

산 아래 갈림길에 거의 이르렀을 때 마지막으로 멈추었다. 뒤로 돌아 도로를 올려다보았다. 길에 쭈그리고 앉아 라이플 개머리판을 바닥에 내려놓고 두 손으로 총 앞쪽을 움켜쥐고 손목에 턱을 올렸다. 침을 뱉었다. 하늘을 보았다. 잠시 후 일어서서 다시 도로를 따라 올라가기 시작했다. 산비탈 위에서 매 한 마리가

---

* 순도를 지키기 위한 증류 절차를 지킨 것이 인증된 위스키.

바람을 타자 몸통과 날개 위의 해가 희어 보였다. 매는 바람이 불어가는 쪽으로 방향을 틀더니 날개를 확 펼쳐 위로 빠르게 올라갔다. 밸러드는 서둘러 길을 올라가고 있었다. 텅 빈 배가 팽팽하게 조여왔다.


죽은 여자와 함께 집에 이르렀을 때는 오전도 절반쯤 지난 시간이었다. 여자를 어깨에 메고 일 마일을 걸어오다가 완전히 포기했다. 숲의 낙엽에 누워 있는 둘. 차가운 공기 속에서 조용히 숨을 쉬는 밸러드. 그는 툭 튀어나온 석회암 밑으로 줄줄이 쌓인 검은 낙엽 안에 라이플과 다람쥐를 감추고 안간힘을 써서 여자를 일으켜 다시 출발했다.

그는 집 뒤쪽으로 접근하여 숲을 통과해 내려와 거친 풀과 죽은 잡초를 헤치고 헛간을 지나, 여자를 어깨에 멘 채로 좁은 문을 통과해 안으로 들어가 매트리스 위에 내려놓고 몸을 덮어주었다. 그런 다음 도끼를 들고 밖으로 나갔다.

그는 장작을 한아름 안고 들어와 노에 불을 피우고 그 앞에 앉아 쉬었다. 이윽고 여자를 돌아보았다. 옷을 모두 벗기고 그녀를 보다가, 어떻게 만들어졌는지 보듯 찬찬히 몸을 살폈다. 밖에 나갔다가 창문을 통해 불 앞에 벌거벗고 누워 있는 그녀를 들여다보았다. 다시 안으로 들어와 버클을 풀어 바지를 벗고 그녀 옆에 누웠다. 담요를 끌어당겨 둘의 몸을 덮었다.

오후에 그는 라이플과 다람쥐를 찾으러 돌아갔다. 다람쥐를 셔츠 안에 넣고 약실을 확인해 장전되어 있는지 보고 산으로 올라갔다.

차를 돌리는 공터 위의 삭막한 겨울 숲을 통과해 밖으로 나섰을 때 차는 여전히 그곳에 있었다. 모터는 움직임이 멈춘 상태였다. 그는 쭈그리고 앉아 지켜보았다. 아주 조용했다. 아래쪽에서 희미하게 라디오 소리가 들려왔다. 잠시 후 그는 일어서서 침을 뱉고 마지막으로 현장을 살피고 다시 산 아래로 내려갔다.

검은 어린나무들이 산비탈의 안개 속에 칼처럼 서 있는 아침에 소년 둘이 마당을 가로질러 밸러드가 죽은 불 옆의 바닥에 담요를 뒤집어쓰고 웅크린 채 누워 있는 집으로 들어섰다. 죽은 여자는 열기에서 떨어진 다른 방에 눕혀 보관해두었다.

소년들은 문에 서 있었다. 밸러드가 몸을 일으키고 눈알을 굴리며 소리를 지르자 아이들은 뒷걸음질을 치며 물러나다 마당으로 떨어지듯이 내려갔다.

도대체 뭐하는 놈들이야? 그가 고함을 질렀다.

그들은 마당에 서 있었다. 하나는 라이플을 들고 있고 하나는 집에서 만든 활을 들고 있었다. 여기 애는 찰스의 사촌인데요, 라이플을 든 아이가 말했다. 애를 쫓아낼 순 없어요. 우리는 여기서 사냥을 해도 된다는 말을 듣고 왔거든요.

밸러드는 사촌이라는 아이를 보았다. 그럼 가서 사냥을 해, 그가 말했다.

가자, 에런, 라이플을 든 아이가 말했다.

에런은 불평 가득한 눈으로 밸러드를 보았고 그들은 마당을 가로질렀다.

이 근처에서 얼쩡거리지 않는 게 좋을 거야, 밸러드가 포치에서 소리쳤다. 그는 그곳에서 추위에 몸을 떨고 있었다. 그러는 게 너희한테 좋을 거야.

그들이 마른 잡초 속으로 들어가 시야에서 사라졌을 때 그중 한 명이 뭐라고 마주 소리를 질렀으나 밸러드는 알아들을 수 없었다. 그는 아이들이 서 있던 문간에 서서 아이들이 보았던 것을 자신의 눈으로 다시 볼 수 있는지 확인하려고 방안을 들여다보았다. 확실치는 않았다. 그녀는 누더기 밑에 누워 있었다. 그는 안으로 들어가 불을 다시 피우고 욕을 내뱉으며 그 앞에 쭈그리고 앉았다.

그는 헛간에 가 집에서 만든 엉성한 사다리를 끌고 들어와 여자가 누운 방으로 가서 사다리 끝을 천장의 작은 사각형 구멍에 집어넣어 걸치고 위로 올라가 머리를 다락으로 집어넣었다. 널을 이어 만든 지붕은 겨울 하늘을 등지고 제멋대로 놓인 조각 그림 퍼즐 같았다. 체크무늬의 어둠 속에서 유리 용기들이 든 먼지 쌓인 낡은 상자 몇 개를 분간할 수 있었다. 그는 위로 올라가 다락용 마루판들이 느슨하게 깔린 공간을 치우고 낡은 천으로 먼지도 닦아낸 다음 다시 내려왔다.

그녀는 그가 옮기기에는 너무 무거웠다. 그는 한 손으로 사다리 맨 위의 단을 잡고 다른 손으로 죽은 여자의 허리를 안은 채 동작을 멈추었고 여자는 찢겨나갔다가 도로 대충 꿰맨 잠옷 차림으로 대롱거렸다. 이내 그는 다시 내려왔다. 그는 여자의 목을 안고 시도해보았다. 아까보다 더 올라갈 수가 없었다. 그는 그녀와 함께 바닥에 주저앉았고 숨이 방의 추위 속에 하얗게 터져나왔다. 이윽고 그는 다시 헛간을 향해 나갔다.

그는 밭갈이 말의 낡은 고삐 몇 가닥을 들고 들어와 불 앞에 앉아서 그것들을 이었다. 이윽고 방으로 들어가 밧줄을 창백한 사체의 허리에 둘러 조이고 다른 쪽 끝을 든 채 사다리를 올라갔다. 그녀는 어깨가 축 늘어진 채로 바닥에서 몸을 일으켰고 머리카락은 모두 아래로 흘러내렸다. 그녀는 쿵쿵 부딪히며 천천히 사다리를 오르기 시작했다. 반쯤 올라가서 대롱거리며 쉬었다. 이윽고 그녀는 다시 올라가기 시작했다.

그는 다람쥐들을 순무와 함께 일종의 스튜로 만들어놓았는데 남은 것을 식지 않게 불 앞에 놓아두었다. 그는 먹고 나서 라이플을 다락에 올려다 놓고 내려와 사다리를 들고 나가 집 뒤에 세워놓았다. 그런 다음 도로로 나가 타운을 향해 걷기 시작했다.

차는 거의 지나가지 않았다. 밸러드는 회색 도로변의 풀 속에서 맥주 캔과 쓰레기 사이를 걸어가며 고개도 들지 않았다. 날씨는 점점 추워져 세 시간 뒤 서비어빌에 도착했을 때 그는 거의 푸른빛을 띠었다.

장을 보는 밸러드. 장대에 올려놓은 머리 없는 조악한 마네킹이 조잡한 붉은 드레스를 입고 진열창에 서 있는 포목점 앞.

그는 호주머니에 든 돈을 손에 쥔 채 바느질 용품과 직물 사이를 여러 번 왔다갔다했다. 팔짱을 낀 채 손으로 어깨를 잡고 서 있던 여점원이 그가 지나가자 몸을 기울였다.

찾는 거 있어요? 그녀가 말했다.

아직 다 보질 않아서, 밸러드가 말했다.

그는 다시 여성 속옷 카운터들 사이로 진출했고, 그곳에 있는 얄팍한 파스텔톤 의류에 겁을 집어먹은 듯 눈이 약간 거칠어졌다. 다시 점원 앞을 지나가다가 두 손을 뒷주머니에 꽂고 대수롭지 않다는 듯 진열창 쪽으로 머리를 젖혔다. 저 앞의 빨간 드레스는 얼마야, 그가 말했다.

그녀는 가게 앞쪽을 보고 기억을 하기 위해 손을 입에 갖다댔다. 오 달러 구십팔 센트요, 그녀가 말했다. 그러더니 아래위로 고개를 끄덕였다. 그래요. 오 달러 구십팔 센트.

저걸 가져갈게, 밸러드가 말했다.

점원은 카운터에서 몸을 일으켰다. 그녀와 밸러드는 키가 비슷했다. 그녀가 말했다. 어떤 사이즈가 필요해요?

밸러드는 그녀를 보았다. 사이즈라, 그가 말했다.

여자분 사이즈를 알아요?

그는 턱을 문질렀다. 그 여자가 서 있는 것을 본 적이 없었다. 그는 점원을 보았다. 무슨 사이즈를 입는지 모르겠는데, 그가 말했다.

음 여자분이 얼마나 큰데요?

너만큼 큰 것 같지는 않아.

몸무게는 얼마 나가는지 알아요?

백 파운드나 그보다 좀더 나갈걸.

여자는 약간 재미있다는 듯 그를 보았다. 아주 작은가보군요, 그녀가 말했다.

그렇게 크지 않아.

이쪽에 있어요, 여자가 말하며 앞장섰다.

그들은 삐그덕 소리를 내며 기름을 먹인 나무 바닥을 가로질러 아연 수도관으로 조립한 드레스 걸이에 이르렀고 점원은 옷 걸이들을 뒤로 넘겨 빨간 드레스를 꺼내 들어올렸다. 여기 이건 7사이즈예요, 그녀가 말했다. 아주 작디작지만 않다면 맞을 것 같아요.

알았어, 밸러드가 말했다.

안 맞으면 바꿔도 돼요.

알았어.

그녀는 한 팔에 드레스를 걸쳐놓고 접었다. 또 필요한 거 있어요? 그녀가 말했다.

있지, 밸러드가 말했다. 그 사람한테 다른 것도 좀 필요하거든.

여자는 기다렸다.

그거하고 어울릴 것들도 몇 가지 필요해.

필요한 게 전부 뭔데요? 여자가 말했다.

속바지가 몇 벌 필요해, 밸러드가 불쑥 내뱉었다.

여자는 주먹에 대고 기침을 하더니 몸을 돌려 통로를 거슬러 올라갔고 밸러드는 불이 붙은 얼굴로 뒤따랐다.

그들은 그가 내내 곁눈질로 살피던 카운터에 서 있었고 여자는 작은 유리 난간을 손가락으로 두드리며 밸러드 너머를 보고 있었다. 그는 여전히 두 손을 뒷주머니에 꽂고 팔꿈치를 양쪽으로 내민 채 서 있었다.

이게 다 그거예요, 여자가 말하며 귀 뒤에서 연필을 꺼내 카운터의 난간 위로 굴렸다.

검은 것도 있어?

그녀는 쌓아놓은 것들을 뒤지다 분홍색 나비 리본이 있는 검은 속바지 한 벌을 꺼냈다.

그거 가져갈게, 밸러드가 말했다. 그리고 저기 저것도 하나.

그녀는 그가 가리키는 쪽을 보았다. 슬립이요? 그녀가 말했다.

응.

그녀는 카운터를 따라 움직였다. 여기 예쁜 빨간색이 있네요, 그녀가 말했다. 이 드레스하고 예쁘게 어울리겠네.

빨강? 밸러드가 말했다.

그녀가 들어올렸다.

가져갈게, 밸러드가 말했다.

또 뭐가 필요한가요? 그녀가 말했다.

모르겠어, 밸러드가 말하며 카운터 너머로 눈길을 던졌다.

여자분이 브라도 필요해요?

아니. 속바지가 빨간색은 없나 응?


폭스의 가게에 이르렀을 때 밸러드는 몸이 반쯤 얼어 있었다. 푸르스름한 어스름이 주변의 황량한 숲에 퍼져 있었다. 그는 곧장 스토브로 가서 그 먼지 낀 회색 통 옆에 이를 덜거덕거리며 섰다.

꽤나 추운가보구먼? 폭스 씨가 말했다.

밸러드가 고개를 끄덕였다.

라디오에서 오늘밤 영하 십오 도로 내려갈 거라는군.

밸러드는 잡담을 좋아하는 사람이 아니었다. 그는 가게를 돌며 콩과 비엔나소시지 통조림을 고르고 빵 두 덩어리를 집어들고 고기 진열장 안의 볼로냐소시지를 가리키며 반 파운드를 달라고 했고 우유 일 쿼트와 치즈와 크래커와 케이크 상자를 챙겼다. 폭스 씨는 안경 위로 카운터의 물품들을 살피면서 메모장에 가격을 더해나갔다. 밸러드는 타운에서 가지고 나온 꾸러미를 겨드랑이에 꼭 끼고 있었다.

어제저녁 저기 위에서 발견된 그 아이는 어떻게 된 거야? 폭스 씨가 물었다.

아이가 어떻게 됐는데, 밸러드가 말했다.

그는 노에 불을 피우고 나무처럼 딱딱해진 손가락으로 언 끈을 풀어 신발을 벗다 정강이에 걸리자 완전히 벗겨질 때까지 뒷굽으로 바닥을 쳐댔다. 그는 자기 발을 보았다. 창백한 노란색에 하얀 반점들이 박혀 있었다. 다른 방으로 들어갔을 때는 바닥이 거의 느껴지지 않았다. 복숭아뼈로 걸어다니고 있는 것 같았다. 그는 맨발로 밖으로 나가 사다리를 가지고 들어와 올라가서 여자를 보았다. 그는 라이플을 들고 다시 내려와 노 옆에 세워두었다. 그런 다음 타운에서 가져온 꾸러미를 풀고 옷을 들어올려 코를 대고 냄새를 맡다가 다시 접어서 옆으로 치웠다.

콩 통조림과 소시지 통조림을 하나씩 따서 불에 넣고 커피를 만들 물 한 팬을 올렸다. 그런 다음 다른 것들을 옷장에 치우고 매트리스 가장자리에 앉아 신발을 다시 신었다. 도끼를 들고 따각따각 소리를 내며 바닥을 가로질러 바깥의 밤 속으로 들어갔다. 다시 눈이 내리고 있었다.

그는 땔감을 끌고 왔고 마침내 오래된 그루터기 조각들이며 군데군데 꺾쇠에서 부식된 철사가 대롱거리는 기다란 담장 기둥이며 거대한 잔가지 무더기가 방에 쌓였다. 그는 어두워지고 나서도 한참이 지나도록 이 일을 하다가 불을 활짝 피워두고 그 앞에 앉아 저녁을 먹었다. 다 먹고 나서 램프에 불을 붙여 들고 다른 방으로 가 사다리를 올라갔다. 웅얼거리는 욕지거리, 안간힘을 쓰는 소리가 뒤따랐다.

그녀는 두 발이 바닥에 닿을 때까지 사다리를 내려와 그 자리에 멈추었다. 그가 밧줄을 더 풀었지만 그녀는 사다리에 기댄 채 바닥에 그대로 서 있었다. 발끝으로 서 있었고 몸을 접으려 하지도 않았다. 밸러드는 사다리를 내려와 그녀의 허리에서 밧줄을 풀었다. 그녀를 다른 방으로 끌고 가 노 위에 뉘었다. 그녀의 팔을 잡고 들어올리려 했지만 몸 전체가 나무처럼 움직였다. 염병하게 얼어붙은 년, 밸러드는 말했다. 그는 장작을 더 쌓았다.

자정이 지나서야 그녀는 옷을 벗길 수 있을 만큼 유연해졌다. 그녀는 벌거벗은 채 매트리스 위에 누워 있었고 누르스름한 젖가슴은 밀랍 꽃처럼 빛을 모아들였다. 밸러드는 그녀에게 새 옷을 입히기 시작했다.

앉아서 자신이 사온 싸구려 빗으로 그녀의 머리를 빗겼다. 립스틱 뚜껑을 열고 아래를 돌려 밀어올린 알맹이로 입술을 칠하기 시작했다.

그는 그녀를 여러 자세로 바꾸어가며 밖으로 나가 창문을 통해 살펴보곤 했다. 잠시 후에는 그냥 그녀를 안고 앉아 두 손으로 새 옷 밑의 몸을 더듬었다. 말을 걸면서 옷을 아주 천천히 벗겼다. 이윽고 자신도 바지를 벗고 그녀 옆에 누웠다. 그녀의 맥이 풀린 허벅지를 펼쳤다. 원하고 있었네, 그가 그녀에게 말했다.

나중에 그는 그녀를 다시 다른 방으로 끌고 갔다. 몸이 늘어져 다루기가 쉽지 않았다. 뼈가 그녀의 몸속에 느슨하게 놓여 있었다. 그는 누더기 천으로 그녀의 몸을 덮어주고 불로 돌아와 최대한 높이 키워놓고 침대에 누워 불을 바라보았다. 연도가 으르렁거리며 거세게 빨아들이자 굴뚝 꼭대기에서 빨간 불길이 춤을 추었다. 거대한 벽돌 촛불이 밤 속에서 타오르고 있었다. 밸러드는 잔가지와 그루터기 조각들을 굴뚝 목구멍까지 빼곡히 쑤셔넣었다. 그는 커피를 만들고 짚을 넣은 침상에 도로 기댔다. 이제 얼어붙어라, 이 개자식아, 그는 창문 너머 밤에게 말했다.

실제로 얼어붙었다. 기온은 영하 이십 도까지 떨어졌다. 벽돌 하나가 넘어져 불길 속으로 들어갔다. 밸러드는 불을 더 키워놓고 담요를 끌어당기며 자려고 편하게 자세를 잡았다. 오두막 안은 낮처럼 환했다. 그는 누운 채 천장을 물끄러미 보았다. 이윽고 다시 일어나 램프에 불을 붙이고 다른 방으로 갔다. 여자의 몸을 돌려 몸을 뒤집어 밧줄을 둘러서 묶고 다락으로 올라갔다. 다시 그녀는 일어섰는데 이번에는 벌거벗은 채였다. 밸러드는 내려와 사다리를 끌어내려 벽 옆에 두었고 다시 방안으로 들어가 침대로 갔다. 밖에서는 눈이 부드럽게 내리고 있었다.

그는 나쁜 운명에 대한 예감 같은 것을 느끼며 밤에 잠을 깼다. 일어나 앉았다. 불은 한 가닥만 남아 재에서 우뚝 선 채 거의 움직이지 않았다. 그는 램프에 불을 붙이고 심지를 올렸다. 일렁거리는 연기 망토가 방을 덮고 있었다. 두꺼운 하얀 연기 리본들이 천장의 판자들 사이로 스며서 내려오고 있었고 머리 위에서 뭔가가 뭔가를 먹고 있는 듯한 가벼운 딱딱 소리가 들렸다. 이런 젠장, 그가 말했다.

그는 벌떡 일어나 여위고 성난 어깨에 담요를 숄처럼 걸쳤다. 위쪽 판자들의 갈라진 곳을 통해 지옥 같은 뜨거운 주황색 불빛이 보였다. 그는 재킷을 입고 신을 꿰었다. 손에 라이플을 들고 밖의 눈으로 나갔다. 짓밟힌 잡초밭에 서서 지붕을 올려다보았다. 굴뚝을 따라 불길들이 시끌벅적하게 솟구쳤다가 다시 가라앉았다. 다락에서는 미친듯이 딱딱대는 소리. 증기의 구름이 젖은 지붕에서 피어오르고 뜨거운 빛의 점들이 날리는 눈 속에서 바람을 타고 표류했다.

염병할 바보같이, 밸러드가 말했다. 그는 라이플을 나무에 기대놓고 서둘러 안으로 들어가 침구를 그러모아 바깥의 눈 속에 끌어다놓고 다시 안으로 뛰어들었다. 조리기구와 얼마 안 되는 식료품을 모아 밖으로 내가고 소유한 도끼와 연장 몇 개와 빈방에 놓아둔 자잘한 장비 몇 가지를 챙겨 마당에 던지고 다시 뛰어들어가 사다리를 가져다 구멍으로 밀어 세우고 위를 보았다. 다락에서는 주황색으로 끓어오르는 거대한 불이 고동치고 있었다. 그는 사다리를 올라가 천장의 구멍으로 머리를 들이밀었다. 그 즉시 머리카락이 그슬리며 딱딱 소리를 내는 것이 느껴졌다. 그는 고개를 숙이고 머리를 두드렸다. 벌써 연기 때문에 눈이 충혈되고 눈물이 흐르고 있었다. 그는 몇 분 동안 거기 사다리 꼭대기에 쭈그린 채 눈을 가늘게 뜨고 불을 쳐다보다 다시 내려왔다.

다시 밖으로 나왔을 때 그는 품에 곰들과 호랑이를 안고 있었다. 지붕에서는 이제 불이 활활 타올랐다. 불이 꾸준하게 포효하는 와중에도 집의 반대편 끝에서 오래되어 갈라진 떡갈나무 지붕널들이 한 줄씩 팡 팡 소리를 내며 불길로 폭발하는 소리를 들을 수 있었다. 열기는 경이로웠다.

밸러드는 입을 떡 벌린 채 거기 눈 속에 서 있었다. 불길은 타오르는 다람쥐들처럼 벽에 덧댄 판자를 타고 내려왔다가 다시 올라갔다. 지붕의 불길들 사이로, 한 줄로 늘어서서 타고 있는 A자 형태의 고정된 틀이 보였다. 몇 분 지나지 않아 오두막은 견고한 불의 벽이 되었다. 몇 개 되지 않는 유리창이 딱딱 소리를 내더니 수많은 조각으로 틀에서 떨어져내리고 지붕이 쉬익 하는 소리와 함께 집안으로 무너져내렸다. 밸러드는 뒤로 물러서야 했다. 열기가 너무 뜨거웠기 때문이다. 집 주위의 눈이 고리 모양의 축축한 땅을 남기며 뒤로 물러서기 시작했다. 잠시 후 땅에서 김이 피어올랐다.

아침이 되기 한참 전에 밸러드를 눈비에서 지켜주었던 집은 발치에 연기가 피어오르는 판자 더미를 거느린 시커먼 굴뚝만 남았다. 밸러드는 질척한 땅을 가로질러 노에 올라서서 올빼미처럼 그 위에 앉았다. 그 온기를 찾아서. 그는 혼잣말하는 버릇이 든 지 오래였으나 내내 한마디도 하지 않았다.

아침이지만 아직 어두울 때 그는 추위 때문에 잠을 깼다. 그는 죽은 잡초와 잔가지들을 쌓고 그 위에 매트리스를 올린 다음 집의 깜부기불을 향해 발을 뻗고 잠이 들었었다. 하늘의 어둠에서 그에게로 떨어지는 눈송이들. 눈이 그의 몸에서 녹았다가 아침에 더 추워지며 얼어붙어서 그는 얼음 담요 밑에서 잠을 깼고 몸을 움직이자 담요에 유리처럼 금이 갔다. 그는 얇은 재킷을 걸친 채 절뚝거리며 노로 가서 몸을 덥히려 했다. 아직 가볍게 눈이 내리고 있었고 몇시인지 도무지 알 수가 없었다.

몸이 떨리는 것이 멈추자 팬을 가져다 눈을 채우고 깜부기불 사이에 놓았다. 팬이 뜨거워지는 동안 도끼를 찾아 담요를 걸어 말릴 장대 두 개를 쪼갰다.

날이 밝자 노 위에 만든 잡초 둥지에 앉아 커다란 도기 컵을 두 손으로 쥐고 커피를 홀짝였다. 그 슬픈 회색빛이 나타나자 그는 컵에서 마지막 남은 몇 방울을 털어 없애고 둥지에서 내려가 작대기로 재를 쑤시기 시작했다. 그는 아침 시간 대부분을 폐허를 들쑤시며 보내 마침내 나무의 재로 무릎까지 검어졌고 두 손도 시커메졌으며 얼굴은 긁거나 찌푸렸던 곳에 검게 줄무늬가 졌다. 뼈조차 찾지 못했다. 그녀는 있지도 않았던 것 같았다. 마침내 그는 포기했다. 남은 먹을 것에서 눈을 털어내 볼로냐소시지 샌드위치 두 개를 만들어 재 사이의 따뜻한 곳에서 먹었다. 창백한 빵에 검은 지문들이 묻었다. 검고 거대하고 텅 빈 두 눈.


담요 한가득 먹을 것을 담아 어깨에 짊어지자 그는 산비탈의 눈으로 꽉 찬 숲을 기어올라가는 미친 땅속 겨울 요정처럼 보였다. 그는 계속 쓰러지고 미끄러지고 욕을 했다. 동굴까지 가는 데 한 시간이 걸렸다. 두번째 왕복에서 그는 도끼와 라이플과 더불어 집에 있는 불에서 꺼낸 뜨거운 석탄을 가득 담은 들통을 날랐다.

동굴 입구는 기어서 들어가야 했기 때문에 밸러드는 동굴을 들락거리느라 몸 앞쪽이 빨간 진흙으로 번들거렸다. 안에는 커다란 공간이 있고 빛이 들어오는 구멍이 있어 붉은 진흙이 덮인 바닥부터 지붕의 구멍에 이르기까지 백열광을 발하는 나무줄기가 비스듬히 서 있는 것 같았다. 밸러드는 파삭거리는 마른 풀에 가져온 석탄을 넣고 입으로 바람을 불어 불을 피우고 나서 램프를 조립해 불을 밝히고 동굴 중앙 지붕의 구멍 아래 있는 오래된 불 찌꺼기를 걷어찼다. 그는 죽은 채 곧게 서 있는 나무에서 잘라낸 단단하고 널찍한 나뭇조각을 산에서 끌고 와 곧 동굴 안에 불을 활활 피워올렸다. 매트리스를 가지러 산을 다시 내려가기 시작할 때 뒤쪽 땅에 난 구멍에서는 하얀 연기가 꾸준히 솟아올라 기둥을 만들고 있었다.

날씨는 바뀌지 않았다. 밸러드는 산을 어슬렁거리는 습관이 생겨 눈을 뚫고 예전에 살던 곳에 가서 그 집, 집의 새로운 세입자를 살펴보았다. 그는 밤에 찾아가 눈이 쌓인 곳으로 올라가 엎드려 부엌 창으로 그를 지켜보았다. 아니면 우물집 위에서 지켜보았는데 거기에서는 앞쪽 방을 들여다볼 수 있었다. 거기에서 그리어는 다름 아닌 밸러드가 쓰던 스토브 앞에 양말 신은 발을 높이 걸치고 앉아 있었다. 그리어는 안경을 쓰고 종자 카탈로그처럼 보이는 것을 읽었다. 밸러드는 라이플 가늠쇠를 그의 가슴에 겨누었다. 위로 쑥 올려 귀 바로 위의 한 점에 맞추었다. 손가락이 방아쇠의 차가운 곡선을 채웠다. 탕, 입으로 소리를 냈다.

밸러드는 발을 굴러 신발의 눈을 털어낸 다음 라이플을 집 옆면에 기대 세워두고 문을 두드렸다. 주변을 흘끔거렸다. 소파는 눈의 망토를 덮었고 눈 위에는 숯검정의 작은 점들과 고양이 발자국이 박혀 있었다. 집 뒤에는 차 몇 대의 잔해가 있었고 그 가운데 한 대의 뒤쪽 유리 너머에서 칠면조 한 마리가 그를 지켜보고 있었다.

문이 활짝 열리고 쓰레기장 관리인이 셔츠와 멜빵 차림으로 거기에 서 있었다. 들어와, 레스터, 그가 말했다.

밸러드는 들어가 여기저기 두리번거렸고 얼굴을 팽팽하게 늘여 중국인 미소를 짓고 있었다. 하지만 아무도 볼 사람이 없었다. 젊은 여자 하나가 자동차 좌석에 아기를 안고 앉아 있었지만 밸러드가 들어가자 일어서서 다른 방으로 들어갔다.

이쪽으로 와서 죽기 전에 불이라도 쫴, 쓰레기장 관리인이 말하며 스토브로 향했다.

다들 어디 있어? 밸러드가 말했다.

젠장, 쓰레기장 관리인이 말했다, 다들 여기를 떠났어.

부인은 안 떠났지 그치?

오 아니지. 마누라는 여동생네 가 있어. 딸아이들은 다 떠났어, 막내만 빼고. 그래도 아직 여기에 아기가 둘이야.

어쩌다 그렇게 갑자기 떠나게 됐어?

모르겠어, 쓰레기장 관리인이 말했다. 요즘 젊은것들, 걔들은 도무지 알 수가 없어. 자네는 자랑스러워해야 돼, 레스터, 한 번도 결혼 안 한 걸 말이야. 슬프고 가슴만 아프고 도무지 보답이라곤 없어. 자라서 욕만 하게 될 적을 자기 집안에 키우는 일에 불과해.

밸러드는 스토브로 등을 돌렸다. 뭐, 그가 말했다. 나는 그런 꼴은 절대 못 보지.

그게 자네가 똑똑한 점이야, 쓰레기장 관리인이 말했다.

밸러드는 말없이 동의하며 고개를 흔들었다.

집을 다 태워먹었단 얘기를 들었는데, 쓰레기장 관리인이 말했다.

완전히 바닥까지, 밸러드가 말했다. 그런 불은 본 적이 없어.

어쩌다 그랬는데?

모르겠어. 다락에서 시작됐어. 굴뚝에서 불꽃이 튄 게 틀림없어.

자네는 자고 있었고?

그렇지. 간신히 거기서 빠져나왔어.

월드롭은 뭐래?

모르겠어. 못 봤어. 찾아가지도 않았고.

접때 자기 침대에서 그대로 타버린 저기 위의 파턴 노인네처럼 되지 않은 걸 자랑스러워해야 돼.

밸러드는 몸을 돌려 스토브에 두 손을 녹였다. 그 노인네 흔적이라도 찾았던가? 그가 말했다.

움푹 꺼진 곳의 꼭대기에 이르자 그는 쉬면서 잠시 뒤를 살폈다. 그가 쫓아온 발자국에는 물이 괸 곳이 있었으며 발자국은 산으로 올라갔지만 다시 내려오지는 않았다. 나중에 그 발자국을 놓쳤지만 다른 발자국을 찾았고 여느 사냥꾼처럼 숲에서 뒤를 밟으며 오후를 보냈으나 위스키는 전혀 찾지 못하고 커비도 보지 못하자 밤이 오기 직전 물이 새는 신 때문에 발에 감각이 사라진 채 동굴로 돌아왔다.

그는 다음날 아침 우연히 그리어를 만났다. 그 얼마 전부터 비가 내리기 시작했다. 밸러드가 저주를 퍼부은 차가운 겨울 가랑비. 그는 고개를 숙이고 라이플을 겨드랑이에 끼고 지나가기 위해 한쪽으로 비켜섰지만 상대는 지나가게 해주지 않았다.

여어, 그가 말했다.

여어, 밸러드가 말했다.

밸러드지 맞지?

밸러드는 고개를 들지 않았다. 그는 풀이 무성한 벌목용 도로의 젖은 잎들에 덮인 남자의 신발을 살펴보고 있었다. 그가 말했다. 아니, 난 그 사람 아냐. 그러고 계속 갔다.


맙소사 나 붙잡혔어, 레스터, 커비가 말했다.

네가 붙잡혀?

삼 년 보호관찰이야.

밸러드는 바닥에 리놀륨이 깔리고 싸구려 가구가 있는 작은 방을 둘러보았다. 나 원 빌어먹을, 그가 말했다.

이거 개 같은 거 아냐? 나는 깜둥이일 거라고는 생각도 못했지.

깜둥이?

깜둥이를 보냈다니까. 내가 걔들한테 판 거야. 세 번 팔았어. 한 명은 바로 저 의자에 앉아서 한 파인트나 마셨다니까. 그걸 마시고 일어서서 밖으로 나가 차에 타더라고. 어떻게 그럴 수 있었는지 모르겠어. 아마 차까지 몰고 갔을걸. 그놈들이 다 붙잡았어. 심지어 코크 카운티에 있는 늙은 부인 브라이트도 잡았는데

그 노인네는 내가 태어나기 전부터 쉬지 않고 위스키를 판 사람
이야.

밸러드는 몸을 기울여 바닥에 놓인 깡통에 침을 뱉었다. 원 좆
같아서, 그가 말했다.

깜둥이들을 보낼 거라고 내가 생각이나 했겠어, 커비가 말했다.

밸러드는 문에 서 있었다. 진입로에는 차가 없었다. 부등변사 각형의 창백한 노란빛이 창 아래 진흙을 덮고 있었다. 안에는 백치 아이가 바닥을 기고 젊은 여자는 소파에서 몸을 웅크리고 잡지를 읽고 있었다. 그는 손을 들어올려 창을 두드렸다.

문이 열렸을 때 그는 이미 특유의 메스꺼운 미소를 띠고 있었다. 팽팽하게 이를 덮고 있는 바싹 마른 입술. 여어, 그가 말했다.

여기 없어, 여자가 말했다. 여자는 엉덩이를 한쪽으로 빼고 문틀에 서서 노골적으로 관심 없는 표정으로 그를 보았다.

몇시에 돌아올까?

모르겠어. 엄마를 데리고 교회 갔어. 열시 반이나 열한시는 되어야 올 거야.

흠, 밸러드가 말했다.

그녀는 아무 말도 하지 않았다.

추워졌네, 응?

문을 열어놓고 여기 서 있으니 그렇지.

흠 그럼 잠깐 들어오라고 청해야 되는 거 아냐.

그녀는 잠깐 생각하다가 문을 뒤로 당겼다. 그녀의 눈에 다 드러나 있었다. 그럼에도 그녀는 그를 들어오게 했고, 무척이나 바보짓이었다.

그는 발을 질질 끌며 들어가 두 손을 마주 두들겼다. 저 커다란 녀석은 어때? 그가 말했다.

평소처럼 미쳤지, 그녀는 말하고 나서 소파로, 그리고 읽던 잡지로 향했다.

밸러드는 더러운 것이 묻고 침을 질질 흘리는 크레틴병 환자 앞에 쭈그리고 앉아 머리카락이 거의 없는 머리를 세차게 쓰다듬었다. 뭐 이 녀석도 앞뒤 가릴 줄 아네, 그가 말했다. 안 그래?

쳇, 그녀가 내뱉었다.

밸러드는 그녀를 물끄러미 바라보았다. 그녀는 싸구려 면으로 만든 분홍색 슬랙스를 입고 있었으며 무릎을 꿇은 자세로 비스듬하게 소파에 앉아 허벅지에 베개를 올려놓고 있었다. 그는 일어서서 스토브로 가 등을 대고 섰다. 스토브는 허리 높이의 육각형 무늬 철망 담장으로 둘러싸여 있었다. 기둥들은 비스듬히 박은 못으로 바닥에 고정되어 있었고 울타리도 못으로 고정되어 있었다. 저 녀석이 마음만 먹으면 이걸 밀어 엎을 수도 있겠는데, 밸러드가 말했다.

그럼 나한테 불이 나게 두들겨맞기도 하겠지, 여자가 말했다.

밸러드는 그녀를 지켜보고 있었다. 그는 교활하게 눈을 좁히며 미소를 지었다. 저 녀석은 네 아이잖아, 안 그래? 그가 말했다.

여자의 얼굴이 갑자기 위로 쳐들렸다. 개똥처럼 미쳤군, 그녀가 말했다.

밸러드는 음흉하게 웃었다. 그의 거무스름한 바짓가랑이에서 가늘게 김이 피어올랐다. 나를 속일 수는 없어, 그가 말했다.

이런 거짓말쟁이, 그녀가 말했다.

내 말이 거짓이기를 바라는 거겠지.

입다무는 게 좋을걸.

밸러드는 앞쪽을 덥히기 위해 돌아섰다. 차 한 대가 도로를 지나갔다. 둘 다 목을 빼고 불빛을 따라갔다. 그녀는 고개를 돌리다 그를 보고 닭 목처럼 얼굴을 찌푸려 그를 놀렸다. 바닥의 아이는 침을 흘리며 앉아 있었지만 움직이지는 않았다.

그 제정신이 아닌 토머스란 아이 아니었나, 응? 밸러드가 말했다.

여자가 그를 노려보았다. 얼굴이 붉어졌고 눈알이 빨갰다.

그 제정신이 아닌 물건하고 덤불에 들어가 옷을 벗지 않았어 응?

입 닥치는 게 좋을걸, 레스터 밸러드. 아빠한테 이를 거야.

아빠한테 이를 거야, 밸러드가 훌쩍거렸다.

어디 안 그러나 기다려봐.

젠장, 밸러드가 말했다. 그냥 놀리는 거야.

계속해보지 그래.

너는 너무 어려서 남자가 놀리는지 아닌지 모르는 거 같아.

넌 남자도 아니야. 그냥 제정신이 아닌 물건이지.

네가 생각하는 것 이상일지도 모르는데, 밸러드가 말했다. 그 반바지는 어쩌다 입고 있는 거야?

그게 너하고 무슨 상관이야?

밸러드의 입이 말랐다. 아무것도 안 보이잖아, 그가 말했다.

그녀는 텅 빈 표정으로 그를 보다가 얼굴을 붉혔다. 너한테 보여줄 건 아무것도 없어, 그녀가 말했다.

밸러드는 소파 쪽으로 뻣뻣하게 몇 걸음 걷다가 바닥 한가운데 멈추었다. 그 멋진 젖통 좀 보여주는 게 어때, 그가 쉰 목소리로 말했다.

그녀는 일어서서 문을 가리켰다. 여기서 나가, 그녀가 말했다.

당장.

어서, 밸러드가 쌕쌕거렸다. 다른 건 해달라고 하지 않을게.

레스터 밸러드, 아빠가 집에 오면 널 죽일 거야. 자 여기서 나가라고 했어, 진심이야. 그녀는 발을 쾅 굴렀다.

밸러드는 그녀를 보았다. 좋아, 그가 말했다. 그게 네가 원하는 거라면. 그는 가서 문을 열고 밖으로 나가 문을 닫았다. 그녀가 걸쇠를 거는 소리가 들렸다. 바깥의 밤은 맑고 추웠으며 달은 하늘에 큰 원으로 앉아 있었다. 밸러드의 숨이 하늘의 어둠을 향해 하얗게 올라갔다. 그는 몸을 돌려 집을 다시 보았다. 그녀가 창문 모서리로 지켜보고 있었다. 그는 부서진 진입로를 걸어 도로로 나갔고 도랑을 가로질러 마당 가장자리를 따라 걸어가다가 다시 도랑을 건너 집을 향해 올라갔다. 그는 야생 능금나무에 기대두었던 라이플을 집어들고 집의 옆면을 따라가다가 콘크리트 블록으로 만든 낮은 담에 올라서서 빨랫줄과 석탄더미를 지나 창문 안을 들여다볼 수 있는 곳까지 걸어갔다. 소파 위로 그녀의 뒤통수를 볼 수 있었다. 그는 그녀를 잠시 보다가 라이플을 들어올려 공이치기를 당기고 가늠자로 그녀의 머리를 겨누었다. 막 그렇게 했을 때 그녀가 갑자기 소파에서 일어나 창문을 향해 몸을 돌렸다. 밸러드는 쏘았다.

차가운 정적 속에서 라이플 소리는 터무니없이 컸다. 거미집처럼 금이 간 유리 너머로 그녀가 구부정하게 웅크렸다가 다시 서는 것이 보였다. 그가 레버를 움직여 총알을 하나 더 약실에 넣고 라이플을 들어올리는 순간 그녀가 쓰러졌다. 그는 손을 아래로 내려 언 진창을 헤집어 빈 총알을 찾았으나 찾지 못했다. 그는 집을 빙 둘러 달려가 앞쪽으로 가서 막대기를 대충 얽어 만든 듯한 층계를 올라가 문에 바짝 다가섰다. 이 멍청한 개자식, 그가 말했다. 아까 잠그는 소리를 들었잖아. 그는 땅으로 뛰어내려 집 뒤로 가서 방충망이 달린 낮은 포치로 들어가 부엌문을 밀어 열고 부엌을 통과해 앞방으로 갔다. 그녀는 바닥에 누워 있었지만 죽지는 않았다. 움직이고 있었다. 일어서려고 하는 것 같았다. 가는 핏줄기가 노란 리놀륨 깔개를 가로지르며 바닥의 나무에 거무스름하게 스며들고 있었다. 밸러드는 라이플을 움켜쥐고 그녀를 지켜보았다. 죽어, 염병할 년아, 그가 말했다. 그녀는 죽었다.

그녀가 움직이지 않자 그는 방을 돌아다니며 신문과 잡지를 모아 갈가리 찢었다. 백치는 말없이 지켜보았다. 밸러드는 스토브 둘레로부터 철망을 뜯어내고 발로 스토브를 밀어 넘겼다. 파이프가 방안으로 떨어지며 석탄 검댕 구름이 피어올랐다. 스토브 문을 잡아채 열자 뜨거운 잉걸불이 굴러나왔다. 그는 그 위에 종이를 쌓았다. 곧 방 한가운데에서 불이 피어올랐다. 밸러드는 죽은 여자를 일으켰다. 피로 미끈거렸다. 그는 그녀를 어깨에 메고 주위를 둘러보았다. 라이플. 소파에 기대 있었다. 그는 라이플을 쥐고 주위를 미친듯이 두리번거렸다. 천장엔 이미 소용돌이치는 연기가 층층이 빽빽했고 작은 불들이 리놀륨 가장자리의 맨나무 바닥을 핥고 있었다. 부엌문에서 몸을 빙그르 돌렸을 때 그가 연기 사이로 마지막으로 본 것은 백치 아이였다. 그것은 앉아서 그를 지켜보고 있었다. 칠을 하는 듯한 불길들 사이에서 두 눈은 장과漿果 같았고 더러웠고 전혀 겁이 없었다.

밸러드가 산꼭대기 근처 도로를 걷고 있을 때 보안관이 그의 뒤에서 차를 세웠다. 보안관은 라이플을 내려놓으라고 말했지만 밸러드는 움직이지 않았다. 그는 한 손에 라이플을 들고 직선으로 오르내리는 도로 옆에 그대로 선 채 말하는 사람이 누구인지 보려고 고개를 돌리지도 않았다. 보안관은 창밖으로 권총을 내밀고 공이치기를 당겼다. 차가운 공기 속에서 공이치기의 딸깍 소리와 돌림쇠가 약실 안으로 떨어지며 새김눈을 무는 딸깍 소리가 아주 분명하게 들렸다. 야, 그거 바닥에 꽂는 게 좋을걸, 보안관이 말했다.

밸러드가 라이플 개머리판을 도로에 세우고 손을 놓았다. 라이플은 길가 덤불 속으로 쓰러졌다.

몸을 돌려.

이제 이쪽으로 와.

이제 거기 잠깐 그대로 서 있어.

이제 여기 타.

이제 두 손 내밀어.

내 라이플을 저기 두고 가면 누가 가져갈 텐데.

네 염병할 라이플 걱정은 나한테 맡겨.


책상 뒤의 남자는 기도하려는 것처럼 두 손을 앞에 포개고 있었다. 그는 자기 손가락 끝 건너편에 있는 밸러드를 물끄러미 보았다. 자, 그가 말했다. 잘못한 게 아무것도 없으면 왜 아무도 찾을 수 없게 숲속으로 피해 다니고 있었던 거요?

여기서들 어떻게 하는지 아니까, 밸러드가 중얼거렸다. 감옥에 처넣고 똥을 싸도록 패잖아.

이자가 여기서 부당한 대우를 받은 적이 있습니까, 보안관?

말만 저러는 거지요.

사람들 말이 당신이 워커 보안관보한테 욕을 했다는데.

자 그랬어?

왜 그쪽을 건너다보고 있는 거요?

그냥 보고 있는 거였어.

워커 씨는 당신한테 뭐라고 말할지 가르쳐주지 않소.

뭐라고 말하지 않을지는 가르쳐줄지도 모르지.

당신이 월드롭 씨네 집을 태웠다는 게 사실이오?

아니.

그게 탔을 때 당신이 거기 살고 있었는데.

그건…… 내가 그런 게 아니야. 오래전에 난 거기서 나왔어.

방안은 조용했다. 한참 뒤 책상 뒤의 남자가 두 손을 내려 무릎 위에서 깍지를 꼈다. 밸러드 씨, 그가 말했다. 당신은 다른 방식으로 살길을 찾거나 아니면 세상에서 그런 짓을 할 다른 장소를 찾아야 할 거요.

밸러드는 가게에 들어가 창살이 있는 철문을 쾅 닫았다. 텅 빈 가게에는 폭스 씨뿐이었고 그는 작고 어찌할 바 모르는 듯한 이 손님에게 고개를 끄덕였다. 손님은 마주 고개를 끄덕이지 않았다. 그는 선반들을 따라가며 물건을 집고 골랐고, 캔들이 모두 앞에 상표가 보이도록 정렬해 있는 곳에서 질서 잡힌 줄에 군데군데 구멍을 내 그것을 가게 주인 앞의 카운터에 쌓았다. 마지막으로 그는 고기 진열장 앞에 이르렀다. 폭스 씨는 일어서서 오랜 핏자국들이 밝은 분홍색으로 표백된 하얀 앞치마를 두르고 뒤에서 묶은 다음 고기 진열장으로 다가가 소시지와 소금에 절인 고기들 사이에 자리잡은 볼로냐소시지 롤이며 둥근 치즈며 쟁반에 담긴 얇게 썬 돼지갈빗살을 비추는 조명을 켰다.

저기 저 볼로냐소시지 반 파운드쯤 썰어줘.

폭스 씨는 소시지를 꺼내 정육점용 도마에 올려놓고 칼을 집어들어 얇은 조각들로 잘라내기 시작했다. 그는 이 조각들을 한 번에 하나씩 정육점 종이에 얹었다. 그 일을 마치고 폭스 씨는 칼을 내려놓고 종이를 저울에 올렸다. 그와 밸러드는 바늘이 좌우로 흔들리는 것을 보았다. 자 또 뭐, 가게 주인이 끈으로 고기 보퉁이를 묶으며 말했다.

저기 저 치즈 좀 줘.

그는 마는 담배를 한 봉지 사서 선 채로 담배를 말면서 식료품 쪽으로 고개를 끄덕였다. 저것도 보태고, 그가 말했다.

가게 주인은 메모지에 물품값을 적고, 적을 때마다 물건을 카운터 한쪽에서 다른 쪽으로 밀어냈다. 그는 몸을 일으키며 엄지로 안경을 다시 밀어올렸다.

오 달러 십 센트네, 그가 말했다.

말뚝에 그어놔.*

밸러드, 언제 갚을 건데?

글쎄. 오늘 좀 줄 수 있는데.

얼마나.

---

* 외상으로 하라는 뜻.

글쎄. 삼 달러라고 해두지.

가게 주인은 메모지에 계산을 하고 있었다.

다 해서 얼마를 갚아야 하지? 밸러드가 말했다.

삼십사 달러 십구 센트야.

여기 이거 포함해서?

여기 이거 포함해서.

뭐 그럼 사 달러 십구 센트를 주지. 그럼 딱 삼십이 남네.

가게 주인은 밸러드를 보았다. 밸러드, 나이가 몇이지?

스물일곱, 그게 왜 궁금한지는 모르겠지만.

스물일곱. 이십칠 년 동안 이럭저럭 사 달러 십구 센트를 모았다는 거지?

가게 주인은 메모지에 계산을 하고 있었다.

밸러드는 기다렸다. 뭘 계산하고 있는 거야? 그가 수상쩍어하는 표정으로 물었다.

잠깐만, 가게 주인이 말했다. 잠시 후 그는 메모지를 들어올린 다음 눈을 가늘게 뜨고 들여다보았다. 자, 그가 말했다. 내 계산에 따르면 이 비율로 갈 경우 삼십 달러를 갚는 데 백구십사 년이 걸리네. 밸러드, 나는 지금 예순일곱이야.

참 이거 완전히 미쳤군.

물론 이건 자네가 이제부터 아무것도 안 산다는 가정하에 계

154

산한 거지.

참 지옥보다 미쳐버렸어.

자, 내가 계산을 하다 실수를 했을 수도 있지. 확인해보겠나?

밸러드는 가게 주인이 내미는 메모지를 밀어냈다. 그딴 건 보고 싶지 않아, 그가 말했다.

흠, 지금 여기서 내가 뭘 하려고 하는 거냐 하면 그냥 내 손실을 최소화해보겠다는 거야. 그러니까 자네한테 사 달러 십구 센트가 있으면 그냥 식료품을 사 달러 십구 센트어치만 가져가는 게 어떻겠나.

밸러드의 얼굴이 꿈틀거렸다.

뭘 도로 넣고 싶어? 가게 주인이 말했다.

염병할 하나도 도로 넣지 않을 거야, 밸러드는 말했고, 오 달러를 내놓고 쾅 소리와 함께 십 센트를 더 내려놓았다.

이월 초순 어느 일요일 아침 밸러드는 산을 넘어 블런트 카운티로 들어갔다. 산비탈에는 단단한 돌에서 흘러나오는 샘이 하나 있다. 밸러드는 눈에 박힌 새와 흰발생쥐의 요정 발자국들 사이에 무릎을 꿇고 녹색 물에 얼굴을 기울여 물을 마시고 웅덩이에 비친 납작한 자기 얼굴을 살폈다. 그는 물에서 자신을 지켜보는 얼굴을 만지려는 듯 그쪽으로 손을 반쯤 뻗다가 일어서서 입을 닦고 숲속을 계속 걸었다.

오래된 숲 깊이. 한때 세상에는 아무도 소유하지 않은 숲이 있었고 이곳이 그런 곳이었다. 그는 산비탈에서 바람에 쓰러진 튤립나무를 지나갔는데 나무는 그 뿌리의 손아귀에 마차만한 크기의 돌 두 개를 높이 쥐고 있었다. 이 커다란 석판들에는 사라진 바다의 이야기만 적혀 있고 고대의 조개껍질들이 짧은 명문銘文으로 박혀 있고 물고기들이 석회로 새겨져 있었다. 고딕 분위기의 나무줄기들 사이에서 입고 있는 커다란 옷 때문에 거의 쾌활해 보이는 밸러드는 무릎까지 빠지는 눈더미를 건너 석회암 절벽의 남쪽 면을 따라 움직였고 절벽 밑에서는 드러난 땅을 긁고 있던 새들이 동작을 멈추고 지켜보았다.

그가 도로에 이르렀을 때 차가 지나다닌 흔적은 전혀 없었다. 밸러드는 도로로 내려서서 계속 걸어갔다. 거의 정오였고 해가 아주 밝게 비추어 눈이 수많은 수정 백열광으로 빛났다. 수의壽衣를 뒤집어쓴 도로는 그의 앞에서 구부러지며 나무들 사이로 거의 사라져버렸고, 개울은 도로 옆에서 얼음의 그늘 아래 거무스름한 빛깔로 흘렀으며, 물이 눈에 보이지 않게 빨려드는 곳에 나무뿌리 밑으로 유리 이빨을 드러낸 작은 동굴들이 있었다. 얼어붙은 도로변 잡초들 속에 서리의 하얀 리본들이 똬리를 틀고 있었는데 그런 것이 어쩌다 생겨났는지 도무지 짐작도 할 수 없었다. 밸러드는 지나가면서 리본을 하나 따먹었다. 라이플을 어깨에 메고 있었고 발을 감싼 자루에 눈이 달라붙어 두 발이 거대했다.

이내 밸러드는 집을 한 채 만났다. 적막한 풍경 속에 적막했고, 굴뚝에서는 거친 목도리 같은 연기가 위로 구불구불 풀려 올라갔다. 도로에 타이어 자국이 있었지만 밤새 그 위에 눈이 덮였다. 밸러드는 산을 내려가 마을로 다가가면서 집들을 더 지나고 무너진 무두질 공장 터를 지나 아무도 발을 대지 않은 도로로 들어섰다. 타이어체인의 끈 모양 자국이 휘어나가며 하얀 숲으로 들어갔고 옥색 강은 산을 향해 남쪽으로 휘어나갔다.

가게에 이르자 그는 포치 위 상자에 앉아 주머니칼로 다리와 발을 묶은 꼰 실을 잘라내 자루를 벗기고 다리를 흔들어 마저 떼어낸 다음 꼰 실 조각들과 함께 상자에 놓아두고 일어섰다. 그는 목이 짧은 검은 신발을 신고 있었는데 필요 이상으로 앞으로 길기만 했다. 라이플은 강을 건널 때 다리 밑에 두고 왔다. 그는 쿵쿵거리며 걸어가 문을 열고 안으로 들어갔다.

한 무리의 남자와 소년들이 스토브 주위에 모여 있다가 밸러드가 들어가자 말을 멈추었다. 밸러드는 스토브 뒤쪽으로 가며 가게의 거주자들에게 고개를 약간 끄덕였다. 그는 열기 위에 두 손을 들어올리고 태평하게 주위를 둘러보았다. 다들 꽤 춥지? 그가 말했다.

아무도 그렇다고도 그렇지 않다고도 말하지 않았다. 밸러드는 기침을 하며 두 손을 비비고 음료 상자로 건너가 오렌지 음료를 집어들어 따고 케이크를 하나 집어 카운터에 가서 돈을 냈다. 가게 주인은 금고에 십 센트짜리 동전을 던지고 서랍을 닫았다. 그가 말했다. 세상에 눈 한번 볼만하지, 응?

밸러드는 그렇다고 동의하며 카운터로 몸을 기울인 채 케이크를 먹고 음료를 조금씩 홀짝였다. 한참 후 그는 가게 주인 쪽으로 몸을 기울였다. 시계 하나 필요 없어 응? 그가 말했다.

뭐? 가게 주인이 말했다.

시계. 시계 필요하냐고.

가게 주인은 텅 빈 표정으로 밸러드를 보았다. 시계? 그가 말했다. 무슨 시계?

여러 가지가 있지. 자. 밸러드는 음료와 반쯤 먹은 케이크를 카운터에 내려놓더니 호주머니에 손을 넣었다. 그는 손목시계 세 개를 꺼내 늘어놓았다. 가게 주인은 손가락으로 한두 번 그것들을 찔러보았다. 나는 시계 필요 없는데, 그가 말했다. 저쪽 카운터에 몇 개 있는데 일 년째 그대로야.

밸러드는 그가 가리키는 곳을 보았다. 양말과 머리망 사이에 셀로판지에 싸인 먼지 앉은 시계 몇 개.

저 시계는 얼만데? 그가 물었다.

팔 달러.

밸러드는 미심쩍어하는 표정으로 상인의 시계들을 보았다. 흠, 그가 말했다. 그는 케이크를 마저 먹고 나서 자기 시계들의 끈을 잡아 들고 음료를 챙겨 바닥을 가로질러 다시 스토브로 갔다. 그는 시계들을 들고 있다가 가장 가까이 있는 남자에게 어정

쩡하게 내밀었다. 손목시계 필요 없어? 그가 말했다.

남자는 시계를 슬쩍 보고 슬쩍 고개를 돌렸다.

이쪽에서 좀 봅시다, 나이든 친구, 스토브 옆의 뚱뚱한 아이가
말했다.

밸러드가 그쪽으로 시계를 건네주었다.

얼마를 받고 싶은데?

오 달러는 받을 거라고 생각했는데.

아, 세 개 다 해서?

어이쿠 젠장 아니지. 하나에 오 달러.

제기랄.

좀 보자, 오비스.

잠깐만, 내가 보고 있잖아.

좀 보자고.

이거 좋은 시계가 하나 있네.

내가 사지. 이거 얼마에 팔려고?

오 달러.

이 달러 주고 어디서 났는지는 묻지 않을게.

그렇게는 안 돼.

그 다른 거 좀 보자, 프레드. 그거 무슨 문제 있어?

문제는 염병 하나도 없어. 가는 소리 들리지 응?

저기 황금색으로 보이는 거 삼 달러 낼게.

밸러드는 그들 둘을 한 명씩 번갈아 보았다. 사 달러만 받지, 그가 말했다. 골라봐.

다 하면 얼마에 줄 건데?

밸러드는 잠시 허공에 계산을 해보았다. 십이 달러, 그가 말했다.

뭐야 젠장, 그건 거래가 아니지. 대량 구매에 할인도 없나?

이게 가지고 있는 시계 전부 다야?

거기 있는 세 개가 다야.

자. 이거 저이한테 도로 돌려줘.

오늘 시계 거래는 할 생각이 없는 거야, 오비스?

오늘은 내 중개상을 이쪽으로 부를 수가 없어.

얼마면 가져갈 건데? 밸러드가 말했다.

세 개에 팔 달러를 주지.

밸러드는 두리번거리며 남자들을 보았다. 그들은 이 일요일 아침에 중고 시계 가격이 얼마가 될지 그를 지켜보고 있었다. 그는 시계를 손에 들어 잠시 무게를 재보더니 남자에게 건넸다. 가져가, 그가 말했다.

시계를 산 사람은 자리에서 일어나 돈을 건네고 시계를 받았다. 삼에 이거 가져갈래? 그가 옆에 있는 남자에게 말했다.

그래, 이리 줘.

또 삼에 원하는 사람 있어? 그는 남은 시계를 들어올렸다.

시계를 보고 있던 다른 남자가 바닥으로 다리를 쭉 뻗더니 호주머니에 손을 넣었다. 내가 그걸 가져가지, 그가 말했다.

네가 가진 건 얼마를 받을 건데, 오비스?

오를 받을지도 모르지.

제기랄. 넌 그걸 이 내고 산 셈이잖아.

여기 이건 좋은 시계거든.


밸러드는 강에 도착하자 텅 빈 하얀 전원지대를 두리번거리다 도로에서 아래로 내려서서 다리 밑으로 갔다. 강을 따라 그의 것이 아닌 발자국이 올라오고 있었다. 밸러드는 다리의 기둥 밑으로 기어올라가 라이플을 두고 온 맨 위의 들보로 손을 뻗었다. 잠시 미친듯이 팔을 휘저었다. 손이 콘크리트를 따라 허우적거렸고 눈은 강과 그곳에 있는 발자국으로 향하여 이미 그 발자국을 죽어라 따라가고 있었다. 그 순간 손이 라이플의 개머리판을 덮었다. 그는 욕을 내뱉으며 라이플을 내렸고 심장은 망치질을 하고 있었다. 한번 해보지 그래, 응? 그는 눈의 발자국을 향해 울부짖었다. 다리의 아치들 밑에서 떠나간 그의 목소리는 공허하고 낯설게 되돌아왔고 밸러드는 개처럼 머리를 한쪽으로 기울인

채 메아리에 귀를 기울이다 둑을 올라가 다시 도로를 따라 걷기
시작했다.

동굴에 이르렀을 때는 어두웠다. 그는 안으로 기어가 성냥을 켜고 램프를 가져다 불을 붙인 다음 불 구덩이를 표시하는 둥글게 놓인 돌들 옆에 놓았다. 동굴의 더 가까운 쪽 벽이 늘 터를 잡고 있는 어둠으로부터 모습을 드러내자 창백한 돌로 이루어진 휘장 주름이 나타났고 둥근 천장에서는 단층선과 더불어 물이 뚝뚝 듣는 석회암 이빨 한 줄이 나타났다. 머리 위의 검은 연기 구멍 너머로 멀리 눈도 깜빡이지 않는 묘성의 별들이 차갑고 순수하게 타올랐다. 밸러드가 불을 걷어차자 재와 뼈로부터 칙칙한 버찌색 잉걸불 몇 개가 드러났다. 그는 마른 풀과 잔가지를 가져다 불을 붙였고 팬을 들고 다시 나가 눈을 가득 채워서 불 옆에 놓았다. 매트리스는 잘라낸 가지들을 쌓은 곳에 놓여 있었고 그 위에는 동물 인형들이 있었으며 다른 얼마 되지 않는 소지품은 동굴 안에 아무렇게나 늘어놓은 대로 놓여 있었다.

불이 피어오르자 그는 손전등을 들고 공간을 가로질러 좁은 통로를 통해 사라졌다.

밸러드는 산속의 돌로 이루어진 축축한 복도를 따라 다른 방으로 들어갔다. 그의 불빛이 높이 자란 석회암 기둥들과 모양이 갖추어지지 않은 축축하고 거대한 돌단지처럼 보이는 것을 빠르게 훑었다. 방바닥에서 지하의 증기가 피어올랐다. 증기는 방해석 대야 안에 검게 괴었다가 방이 점점 좁아지는 곳에 있는 가느다란 수로를 따라 흘러 검은 구멍을 통해 빠져나갔다. 밸러드의 불빛은 웅덩이 수면을 만나자 이상한 지하의 힘에 의해 구부러진 듯 아무런 변화 없이 방향만 틀었다. 사방에서 물이 뚝뚝 들어 바닥에서 튀었고 동굴의 젖은 벽들은 불빛을 받아 왁스나 래커를 칠한 것처럼 보였다.

그는 방을 가로질러 물줄기를 쫓아 밖으로 나가 물이 흐르는 좁은 골짜기를 따라 내려갔다. 물은 앞의 어둠 속으로 빠르게 흘러나가 스스로 만든 돌 컵에 고인 웅덩이에서 다른 웅덩이로 내려갔고, 밸러드는 민첩하게 발에 물을 묻히지 않은 채 바위들을 넘고 턱을 따라 움직이며 몇 지점에서는 물길을 가랑이 사이에 두기도 했다. 그의 불빛이 물줄기의 창백한 돌바닥에서 앞을 보지 못한 채 뒷걸음질을 치다 방향을 트는 가재를 잡아냈다.

　그는 이 물길을 따라 일 마일쯤 내려가면서 굽이를 지나고 펜
싱 선수처럼 모로 전진해야 하는 좁은 곳을 통과하고 엎드려 기
어야 하는 좁은 굴을 지나갔다. 옆의 골에 있는 물에서 광물질
냄새가 물씬 풍겼다. 그는 무슨 동물인지 모를 것의 백묵이 된
똥을 지나 암벽의 세로로 갈라진 틈을 올라가 개울 위쪽에 있는
회랑에 이르러 키가 큰 종 모양의 동굴로 들어섰다. 이곳의 벽은
부드럽게 주름이 잡히고 젖은 핏빛 진흙이 침처럼 덮여 있어 마
치 유기물처럼 보였다. 어떤 큰 짐승의 내장 같았다. 여기 산의
내장 속에서 밸러드는 불빛을 바위 턱이나 돌 침상 쪽으로 돌렸
고 그곳에는 죽은 사람들이 성자처럼 누워 있었다.

정말이지 무시무시하게 추운 겨울이었다. 그는 겨울이 끝나기 전에 자신이 가파른 산등성이의 이끼 낀 이판암에서 바람이 부는 방향으로 비스듬하게 자란 스산한 가문비나무들 중 하나처럼 보이게 될 거라고 생각했다. 겨울의 파란 어스름을 뚫고 커다란 숲에 엎드린 거대한 나무들의 잔해와 바위 사이를 올라가다가 그는 그런 격변에 놀랐다. 숲의 무질서, 나무는 쓰러지고 새길이 필요했다. 책임이 주어졌다면 밸러드는 숲과 사람의 영혼에 더 질서 잡힌 것들을 만들었을 것이다.

다시 눈이 왔다. 나흘 동안 눈이 오고 밸러드가 다시 산을 내려갈 때는 그리어의 집 위쪽 산마루까지 건너가는 데 아침 대부분을 잡아먹었다. 그곳에 이르자 도끼로 가볍게 찍는 소리가 거리와 내리는 눈 때문에 둔하게 들려왔다. 아무것도 보이지 않았다. 눈은 하늘을 배경으로 잿빛이었고 그의 속눈썹 위에서 부드러웠다. 소리 없이 내렸다. 밸러드는 라이플을 팔에 안고 집을 향해 경사면을 내려갔다.

그는 헛간 뒤에 웅크리고 그리어의 소리에 귀를 기울였다. 거기 발굽 자국이 깊이 박힌 채 얼어붙은 진흙과 똥 범벅의 진창에서. 헛간을 통과할 때 그곳은 텅 비어 있었다. 헛간 위층에는 건초가 가득했다. 밸러드는 물레방아용 저수지 문에 서서 내리는 눈 사이로 집의 회색 형체를 바라보았다. 그는 닭장까지 가로질러 가 걸쇠를 고정한 철사를 풀고 안으로 들어갔다. 하얀 암탉 몇 마리가 맞은편 벽의 비좁은 둥지에서 신경을 곤두세우고 그를 보았다. 밸러드는 한 줄로 늘어선 홰 치는 가로대들을 따라가다 철망 문을 통과해 모이 방으로 갔다. 거기서 껍질을 벗긴 곡물로 호주머니를 채우고 돌아나왔다. 암탉들을 살피다가 혀를 차는 소리를 내며 한 마리를 향해 손을 뻗었다. 암탉은 길게 꽥꽥거리며 폭발하듯 상자에서 튀어나오더니 날개를 퍼덕이며 그를 지나 바닥에 내려앉았고 종종걸음으로 달아났다. 밸러드는 욕을 내뱉었다. 소란 속에서 다른 닭들도 하나씩 둘씩 뒤를 따르고 있었다. 그는 몸을 날려 한 마리의 꼬리를 잡았고 닭은 솟구쳐올랐다. 닭은 몹시 흥분해 비명을 질러댔지만 밸러드는 마침내 목을 잡을 수 있었다. 그는 몸부림치는 새를 두 손으로 잡고 라이플을 무릎 사이에 끼운 채 까마귀처럼 폴짝폴짝 뛰어 먼지가 거미집처럼 자리를 잡은 작은 창으로 가서 밖을 살폈다. 아무런 움직임이 없었다. 이런 개자식, 밸러드가 닭에게 또는 그리어에게 또는 둘 다에게 내뱉었다. 그는 닭 목을 비틀고 얼른 둥지 상자들을 통과하며 달걀 몇 개를 집어 호주머니에 넣은 다음 다시 밖으로 나갔다.

봄에 혹은 따뜻해진 날씨에 숲의 눈이 녹으면 겨울의 발자국들이 가느다란 발판들 위에 다시 나타나고, 눈은 예전에 묻힌 어슬렁거림, 다툼, 죽음의 현장을 겹쳐 쓴 글씨처럼 드러낸다. 다시 빛을 본 겨울 이야기들은 자기 자신에게로 되돌아선 시간과 같다. 밸러드는 발길질을 해가며 전에 다니던 좁은 길을 따라 숲을 통과해 내려가, 길이 언덕을 넘어 자신의 예전 집으로 방향을 트는 곳에 이르렀다. 오래전에 오고간 것들. 작은 버섯들처럼 눈에서 음각 무늬로 솟아오른 여우의 발자국들과 새들이 눈 위에 피 같은 선홍색 똥을 싸놓은 곳의 산딸기 자국들.

전망 좋은 곳에 이르자 그는 라이플을 돌에 기대놓고 아랫집을 살폈다. 굴뚝에서 연기가 나오지 않았다. 밸러드는 팔짱을 끼고 지켜보았다. 그는 그리어에게 오늘은 어디 있느냐고 물었다. 모든 녹는 눈이 뚝뚝 듣지도 졸졸 흐르지도 않는, 추워진 잿빛 날. 밸러드는 첫 눈송이가 재처럼 골짜기로 떨어지는 것을 지켜 보았다.

어디 있는 거야, 이 새끼야? 그가 소리쳤다.

아주 작은 눈 도일리* 두 개가 팔짱을 낀 그의 코트 위에 앉았 다가 스러졌다. 그는 아래의 소리 없는 집이 잿빛으로 내리는 눈 속에서 점점 흐릿해지는 것을 지켜보았다. 한참 후 그는 다시 라 이플을 집어들고 산마루를 건너 도로가 보이는 곳까지 갔다. 아 무도 오르내리지 않았다. 이미 골짜기 위쪽이 전혀 보이지 않을 만큼 눈이 내리고 있었다. 내리는 눈에서 작은 새들이 물살처럼 퍼져 바람에 날리는 낙엽처럼 옆을 지나 다시 정적 속으로 들어 갔다. 밸러드는 무릎 사이에 라이플을 끼우고 웅크리고 앉았다. 그는 눈에게 더 빨리 내리라고 말했고 실제로 그렇게 되었다.

---

* 케이크 등을 놓기 전에 접시 바닥에 까는 작은 깔개.

눈이 그친 뒤 그는 매일 갔다. 반 마일 떨어진 그의 곳에서 지켜보았다. 그리어가 집에서 장작을 가지러 나오거나 헛간에 가거나 닭장으로 가는 것을 보았다. 그가 다시 안으로 들어가면 밸러드는 혼잣말을 하며 정처 없이 숲속을 어슬렁거렸다. 그는 묘한 계략을 세웠다. 질질 끄는 장화 자국이 작은 생명체의 자국들을 짓밟았다. 쥐들이 움직이거나 여우들이 밤에 사냥 다니던 곳. 구부정한 올빼미가 비둘기처럼 허락한 곳에서.

그는 오래전부터 그에게 당한 여자들의 속옷을 입고 있었으나 이제는 여자들의 겉옷도 입고 나타나는 버릇이 들었다. 잘 맞지 않는 옷을 입은 고딕 인형, 하얀 풍경 속에서 동떨어져 밝게 둥둥 떠다니는 그 암적색 입. 저 아래 골짜기에는 녹이 슨 듯한 지

172

붕 몇 개와 아주 흐릿한 연기. 하얀 골짜기를 따라 올라가며 가늘고 길게 눈을 벤 듯한 리본 모양의 진흙 도로와 그 너머 첩첩 산들의 겨울 나뭇가지와 칙칙한 녹색 삼나무로 이루어진 검은 둑.

동굴에서 나온 그의 발자국은 진흙 때문에 피처럼 붉었고 비탈을 가로지르며 흐릿해졌다. 마른 하얀 자국만 남길 때까지 눈이 그의 발을 지진 것처럼. 따뜻한 바람과 함께 다시 가짜 봄이 찾아왔다. 눈은 녹아서 젖은 잎들 사이의 작은 잿빛 얼음조각이 되었다. 이런 날씨가 찾아오면 박쥐들이 동굴 깊은 곳 어딘가에서 몸을 들썩이기 시작했다. 어느 날 저녁 불 옆의 요에 누워 있던 밸러드는 작은 굴의 어둠으로부터 박쥐들이 나와 하데스에서 솟아오르는 영혼들처럼 재와 연기 속에서 날개를 거칠게 퍼덕이며 머리 위의 구멍을 통해 올라가는 것을 보았다. 박쥐들이 사라진 곳에는 차가운 별무리가 연기 구멍을 가로질러 제멋대로 뻗어 있었고 그는 그것을 살피며 저것들은, 또 자신은 무엇으로 만들어졌을까 생각했다.

3부

저기 있습니다, 보안관님, 보안관보가 말했다.

그래. 꼭대기까지 가서 돌려.

차는 진창이 깊은 도로를 올라갔고 꽁무니가 약간씩 좌우로 흔들리며 타이어 밑에서 젖은 진흙 판을 길게 뿜어냈다. 마침내 그들은 도로 끝의 차량 회전 공간에 이르렀다. 다시 돌아 내려오자 바큇자국들이 잡초 속으로 사라진 곳을 볼 수 있었고 어린나무들이 꺾인 곳과 타이어 자국이 산 옆면을 따라 계속 내려간 곳을 볼 수 있었다.

저기 그 여자가 누워 있네요, 보안관보가 말했다.

차는 그들 아래로 백 피트 정도 내려간 깊은 협곡에 모로 누워 있었다. 보안관은 그것을 보고 있지 않았다. 도로 위쪽 차를 돌리는 공터를 돌아보고 있었다. 사흘 전 아직 땅에 눈이 좀 있을 때 여기 왔으면 좋았을걸, 그가 말했다. 내려가서 보자고.

그들은 차 옆면 위에 서서 문을 위로 들어올려 열었고 보안관보가 안으로 내려갔다. 잠시 후 그가 말했다. 여기에는 염병할 아무것도 없는데요, 보안관님.

글러브박스 안은 어때?

아무것도 없어요.

의자들 밑을 찾아봐.

이미 봤습니다.

더 봐.

차에서 나왔을 때 그는 손에 병마개를 쥐고 있었다. 그것을 보안관에게 건넸다.

이게 뭐야? 보안관이 말했다.

그게 답니다.

보안관은 병마개를 보았다. 터틀덱을 열어보자고, 그가 말했다.

터틀덱에는 예비 타이어, 잭, 러그렌치, 걸레 몇 장, 빈병 두 개가 있었다. 보안관은 두 손을 호주머니에 꽂은 채 협곡 사면 위 도로 쪽을 돌아보았다. 여기에서 도로로 가고 싶으면, 그러니까 자네가 여기에 있다고 치고, 어떻게 가겠나?

보안관보가 손가락으로 가리켰다. 저기 저 도랑을 타고 바로 올라가겠는데요.

나도 그럴 것 같아, 보안관이 말했다.

그 아이가 어디로 갔다고 보세요?

모르겠어.

모친 말이 그애가 사라진 지 얼마나 됐다고 그랬죠?

일요일 저녁부터라고.

여자가 그 아이와 함께였던 건 확실하다는 건가요?

그렇다고들 하더군. 약혼한 사이라고.

혹시 둘이 숲이나 그런 데로 달아나지 않았을까요?

둘은 차에 없었어, 보안관이 말했다.

없었어요?

그럼 이게 어떻게 여기로 왔을까요?

누가 여기로 민 것 같아.

그럼 함께 달아난 건지도 모르죠. 차 때문에 얼마나 빚을 졌는
지 알아보는 게 좋을 것 같은데요. 어쩌면 그래서……

알아봤어. 돈은 다 냈어.

보안관보는 장화 끝으로 작은 돌 몇 개를 슬쩍슬쩍 밀었다. 잠
시 후 그는 고개를 들었다. 흠, 그가 말했다. 그 아이들이 다 어디
로 갔다고 보세요?

내 생각으로는 어디든 그 여자애가 가게 된 곳에 가 있을 거

야. 그 여자애는 우리가 저기 위에서 발견한 그 남자애와 함께 있어야 하는 거였어.

그 여자애가 우리가 말했던 그 블레이록 아이와 함께 가고 있어야 했다는 거죠.

그래, 흠. 이 젊은 사람들은 계속 아주 활동적으로 움직인다고, 일부는 말이야. 저기 위로 올라가자고.

그들은 도로를 따라 차를 돌리는 공터까지 걸어올라갔다. 건너편 진흙에 도로 가장자리를 따라 신발 자국이 있었다. 회전 공간에서 아래로 더 내려가자 발자국이 더 있었다. 보안관은 그것을 보며 살짝 고개를 끄덕였다.

무슨 생각 하세요, 보안관님? 보안관보가 물었다.

뭐 아무것도 아냐. 누가 오줌 누러 왔던 걸 수도 있고. 그자는 도로 아래쪽을 내다봤겠지. 차를 여기에서부터 쭉 밀어버리면 차가 도로에서 벗어나기 전에 저기 아래 우리 차를 주차한 곳까지는 갈 거란 생각이 들지 않나?

보안관보는 보안관과 함께 보았다. 흠, 그가 말했다. 가능하겠네요. 그랬을 수도 있을 것 같은데요.

내 생각도 그래, 보안관이 말했다.

픽업트럭으로 다가갈 때 밸러드의 새 신발은 진흙을 안으로 빨아들였다. 그는 라이플을 겨드랑이에 끼고 손전등을 손에 들고 있었다. 트럭에 이르자 문을 열고 불을 켜 그 노란 불빛 속에 서로의 품에 안겨 있는 소년과 소녀의 하얀 얼굴을 가두었다.

소녀가 먼저 입을 열었다. 저 사람 총 있어.

밸러드의 머리는 멍했다. 그들 셋은 그의 목적과는 다른 어떤 목적으로 거기에 모이게 된 것 같았다. 그가 말했다. 면허증 좀 보자.

무슨 법으로. 소년이 말했다.

그건 내가 판단해, 밸러드가 말했다. 이 위에서 너희 뭐하고 있는 거야?

그냥 앉아 있는 거예요, 소녀가 말했다. 그녀는 진홍색 크레이프로 만든 장미 두 송이를 단 어깨에 거즈 양치식물이 달린 잔가지를 하나 꽂고 있었다.

너희 박으려는 거였지, 응? 그는 그들의 얼굴을 살폈다.

입조심하는 게 좋을걸, 소년이 말했다.

내가 조심하게 하고 싶어?

그 라이플 내려놓으면 그렇게 해주지.

개구리가 된 느낌이 들면 아무때나 뛰어올라와봐, 밸러드가 말했다.

소년은 대시보드로 손을 뻗어 시동을 켜 엔진을 움직이려 했다.

꺼, 밸러드가 말했다.

시동은 걸리지 않았다. 소년이 라이플 총신을 칠 것처럼 손을 들어올리자 밸러드는 총을 쏘아 소년의 목을 뚫어버렸다. 소년은 소녀의 허벅지에 모로 쓰러졌다. 그녀는 두 손을 깍지 끼더니 턱밑에 갖다댔다. 오, 안 돼, 그녀가 말했다.

밸러드는 레버를 움직여 약실에 총알을 하나 더 넣었다. 난 저 바보한테 말했어, 그가 말했다. 내가 말 안 했어? 왜 사람들이 들으려고 하지를 않는지 모르겠어.

소녀는 소년을 보았고 이어 고개를 들어 밸러드를 보았다. 그녀는 두 손을 어디에 두어야 할지 모르는 것처럼 허공에 쳐들고 있었다. 그녀가 말했다. 왜 이렇게까지 한 거예요?

저 녀석한테 달린 거였어, 밸러드가 말했다. 저 백치한테 말했잖아.

맙소사, 소녀가 말했다.

거기서 나오는 게 좋겠어.

네?

나오라고. 거기서 나와.

뭘 하려고요?

그건 내가 알고 있고 너도 알게 될 거야.

소녀는 소년을 밀어내고 의자에서 몸을 미끄러뜨려 바깥 도로의 진창으로 내려섰다.

뒤로 돌아, 밸러드가 말했다.

뭘 하려는 거예요?

그냥 뒤로 돌고 신경 꺼.

화장실에 가야 돼요, 소녀가 말했다.

그건 걱정할 필요 없어, 밸러드가 말했다.

그는 그녀의 어깨를 잡고 몸을 돌린 다음 총부리를 두개골 하단에 대고 쏘았다.

그녀는 몸의 뼈가 액체가 된 것처럼 무너졌다. 밸러드가 붙잡으려 했으나 그녀는 진창으로 폭 쓰러지고 말았다. 그는 드레스의 목덜미를 잡고 일으키려 했지만 그의 손아귀에서 옷감이 찢어져 결국 라이플을 트럭 펜더에 기대놓고 그녀의 겨드랑이에 손을 넣어야 했다.

그는 뒷걸음질쳐 그녀를 잡초들 사이로 끌고 가며 뒤를 흘끔거렸다. 그녀의 머리는 축 늘어졌고 피가 목을 타고 흘렀으며 밸러드가 끄는 바람에 신발이 벗겨졌다. 그는 숨을 가쁘게 쉬고 있었고 눈알은 거칠게 희번덕거렸다. 그는 그녀를 도로에서 오십 피트도 떨어지지 않은 숲에 뉜 다음 타고 앉아 아직 따뜻한 입에 키스하고 옷 속을 더듬었다. 그러다 갑자기 동작을 멈추고 일어섰다. 치마를 들어올리고 그녀를 내려다보았다. 그녀가 오줌을 싼 것을 알았기 때문이다. 그는 욕을 내뱉으며 소녀의 팬티를 내리고 치맛단으로 창백한 허벅지를 토닥여 닦았다. 그가 자신의 바지를 무릎으로 내렸을 때 트럭이 움직이는 소리가 들렸다.

그가 낸 소리는 소녀가 냈던 소리와 다르지 않았다. 메마르게 공기를 빨아들였지만 공포 때문에 소리가 나지 않았다. 그는 벌떡 일어서서 바지를 걷어올리고 덤불을 헤치며 도로로 달려갔다.

한 손으로 피 묻은 바지를 움켜쥐고 높은 소리로 미친듯이 횡설수설 외쳐대며 숲에서 뛰쳐나가 뿌옇게 피어오르는 먼지에 반쯤 가려진 채 멀어지는 불빛 없는 트럭 뒤를 따라 내리막을 질주하는 발광한 산의 트롤. 그는 쿵쾅거리며 산을 내려가다 마침내 더 뛸 수도 없고 숨이 차 소리를 더 지를 수도 없게 되었다. 오래 지 않아 그는 발을 멈추고 허리띠 버클을 채운 다음 다시 비틀거 리며 앞으로 나아가다 옆구리를 움켜쥐고 주저앉았고 숨을 헐떡 거리며 혼잣말을 했다. 멀리 못 갈 거다, 이 죽은 개자식. 그는 산 을 반쯤 내려가다 라이플이 없다는 것을 깨달았다. 발을 멈추었 다. 잠시 후 그냥 계속 내려가기로 했다.

그는 골짜기 도로에 나서게 되자 간선도로 쪽을 내려다보았 다. 달빛을 받는 도로는 잠깐 머무는 먼지의 자취 밑에 놓여 안 개의 망토 밑을 흐르는 강 같았으며 그의 눈이 닿는 곳까지 뻗어 있었다. 밸러드의 심장이 돌처럼 가슴에 자리잡고 있었다. 그는 도로의 먼지 속에 쭈그리고 앉았고 마침내 숨이 편해졌다. 이윽 고 일어서서 다시 산을 오르기 시작했다. 처음에는 뛰려 했지만 뛸 수가 없었다. 꼭대기까지 삼 마일을 돌아가는 데 거의 한 시 간이 걸렸다.

그는 트럭 펜더에 기대 있다 쓰러진 라이플을 찾았고 점검을 한 뒤 숲으로 계속 들어갔다. 소녀는 그가 두고 간 곳에 그대로 누워 있었고 죽음 때문에 차가운 나무토막 같았다. 밸러드는 목 이 멜 때까지 욕을 내지르다 무릎을 꿇고 그녀를 당겨 어깨에 멘 다음 안간힘을 써서 일어섰다. 그것을 등에 지고 종종걸음으로 산을 내려가는 그는 마치 섬뜩한 여자 악령에 시달리는 사람처

럼 보였다. 죽은 소녀는 괴물 개구리처럼 양 무릎을 활 모양으로
벌린 자세로 그를 타고 갔다.

밸러드는 산의 안부鞍部에서 품에 라이플을 안고 쭈그리고 앉아 지켜보았다, 그곳에서 알을 품고 있는 듯한 작은 형체. 사흘 동안 비가 왔다. 그의 한참 아래 개울은 둑 너머로 물이 넘치고 들에는 홍수로 고인 물이 시트처럼 깔린 곳에 겨울 잡초와 꼴이 점점이 박혀 있었다. 밸러드의 머리카락은 얇은 두개골에 젖은 가닥들로 힘없이 늘어져 있고 잿빛 물이 머리카락과 코끝에서 뚝뚝 듣고 있었다.

밤에 산의 사면에서 등불과 횃불이 깜빡였다. 늦겨울 나무들 사이에서 놀이꾼이나 사냥꾼들이 어둠에 대고 서로 외쳐댔다. 어둠 속에서 밸러드는 그들 발밑을 지나갔다. 너덜거리는 소지품을 들고 종종걸음으로 산속 돌 터널을 따라 내려갔다.

동이 틀 무렵 그는 산 건너편 바위의 구멍에서 나와 마멋처럼 주위를 살피다가 회색의 비 섞인 날빛 앞에 몸을 내놓았다. 한 손에 라이플을 쥐고 다른 손에 담요로 싼 짐을 들고 성긴 숲을 통과하여 그 너머의 나무를 베어낸 땅으로 나섰다.

그는 담장을 건너 반쯤 물이 찬 들로 들어가 개울 쪽으로 나아갔다. 여울은 폭이 평소의 두 배 이상이었다. 밸러드는 물을 살피다 하류 쪽으로 발을 옮겼다. 잠시 후 그는 돌아와 있었다. 개울은 완전히 불투명했다, 쉭쉭 소리를 내며 갈대 사이를 움직이는 걸쭉한 벽돌 색깔의 매체. 그가 지켜보는 중에 물에 빠진 암퇘지 한 마리가 빠르게 여울로 빨려들어가 부풀어오른 분홍색 젖꼭지를 드러낸 채 천천히 맴돌았다. 밸러드는 사초가 무성한 곳에 담요를 감추어두고 동굴로 돌아갔다.

개울로 돌아와보니 물은 더 높아진 것 같았다. 그는 이상한 잡동사니가 든 상자를 들고 있었다. 남자와 여자의 옷, 진흙이 줄무늬를 그린 거대한 봉제완구 세 개. 여기에 먼저 가지고 내려왔던 라이플과 담요로 싼 짐을 보태 그는 물로 들어섰다.

개울이 거칠게 박쥐 날갯짓을 하며 그의 두 다리를 타고 올라왔다. 밸러드는 비틀거리다 균형을 잡고 짐을 쥔 손에 다시 힘을 넣은 다음 계속 나아갔다. 가장 깊은 곳에 이르기도 전에 물이 무릎까지 차올랐다. 물이 허리에 이르자 그는 큰 소리로 욕을 내뱉기 시작했다. 물이 물러나게 해달라는 독설에 찬 탄원. 누군가 그를 지켜보고 있다면 개울이 그를 삼키더라도 그가 돌아서지 않을 것임을 알았을 것이다. 실제로 삼켰다. 그는 가슴까지 오는 빠른 물 속에 있었으며 발끝으로 서서 상류 쪽으로 몸을 기울인 채 조심조심 안간힘을 쓰며 나아가고 있었다. 그때 통나무 하나가 빠른 속도로 여울로 들어섰다. 그는 통나무가 오는 것을 보며 욕을 하기 시작했다. 통나무는 맴을 돌다 가로로, 마치 악의를 품은 생물처럼 그에게 다가왔다. 멍청한 새끼, 그는 통나무를 향해 소리를 질렀다, 물의 포효 속에서 꺽꺽대는 쉰 목소리. 통나무는 물에 잠겼다 떠올랐다 하며 다가왔다. 그 주변에 옅은 갈색 거품이 부글거리는 초승달 모양의 공간이 함께 움직였는데 그 안에는 물에 둥둥 뜬 호두, 잔가지, 메트로놈처럼 꼿꼿이 서서 좌우로 까닥이는 늘씬한 병 하나가 있었다.

멍청한 새끼, 염병할. 밸러드는 라이플 총열로 통나무를 밀어냈다. 통나무는 빙그르 돌며 빠르게 덮쳐왔고 그는 라이플을 잡은 팔을 그 위에 걸쳤다. 상자가 뒤집히더니 둥둥 떠내려갔다. 밸러드와 통나무는 계속 여울 아래 급류로 밀려내려갔고 밸러드는 소리들의 대혼란 속에서 정신을 차릴 수 없었다. 이제 어떤 정신 나간 영웅처럼 또는 늪지로 떠밀려온 애국적 포스터의 지저분하게 젖은 패러디처럼 한쪽 팔로 허공에 쳐들고 있는 라이플. 그의 입은 욕설을 으르렁거리느라 넓게 벌어졌고 마침내 통나무가 더 깊은 웅덩이로 쏠려들어가 데굴데굴 구르면서 물이 그의 머리 위로 덮쳤다.

그는 팔다리를 허우적거리며 위로 올라와 물을 뱉어냈고, 두 팔을 휘저으며 가라앉은 개울둑을 표시하는 줄지은 버드나무들을 향해 나아갔다. 그는 헤엄을 칠 줄 몰랐지만, 그를 어떻게 익사시키겠는가? 분노가 그를 물위로 띄우고 있는 것 같았다. 사물의 이치가 여기에서는 정지하고 있는 듯했다. 그를 보라. 그는 같은 인간들, 당신 같은 인간들에 의해 지탱되고 있다고 말할 수도 있다. 그는 그들과 함께 기슭에 이르렀고 그들은 그에게 외치고 있었다. 불구자와 미친 자들에게 젖을 먹이고, 자신들의 역사에서 잘못된 피를 원하고 또 그런 피를 늘 가지기 마련인 종족. 하지만 그들은 이 남자의 목숨을 원한다. 그는 그들이 밤에 랜턴을 들고 저주의 외침을 내지르며 자신을 찾는 소리를 들었다. 그렇다면 그는 어떻게 밀어올려지고 있는 것일까? 아니, 왜 이 물은 그를 데려가지 않을까?

그는 버드나무에 이르러 몸을 끌어올리다 자신이 겨우 일 피트 정도 되는 물에 서 있다는 것을 알았다. 그곳에서 그는 몸을 돌려 물이 불어난 개울과 여전히 가차없이 잿빛으로 비가 떨어지는 잿빛 하늘을 향해 번갈아 라이플을 흔들었다. 물의 천둥소

리 위로 산까지 올라갔다가 아수라장의 갈라진 틈으로부터 빠져
나온 메아리처럼 아래로 다시 돌아온 욕설들.

그는 물을 털어내며 높은 땅으로 올라가 총알을 빼고 라이플
을 분해하기 시작했다. 총알을 셔츠 호주머니에 넣은 다음 검지
로 총의 물기를 닦아내고 총열에 입을 대고 바람을 불었으며 그
러는 내내 혼잣말을 중얼거렸다. 그는 총알들을 꺼내 최대한 말
린 다음 다시 장전하고 레버를 움직여 총알 한 알을 약실에 넣었
다. 그러고 나서 빠른 걸음으로 하류를 향해 걸어가기 시작했다.

건져낸 것은 상자뿐이었지만 상자는 비어 있었다. 하류로 멀
리 내려오면서 장난감 곰들이 큰물 속에 들어갔다 나왔다 하는
것을 본 것 같았으나 작은 숲을 지나고부터는 시야에서 사라졌
고 생각했던 것보다 이미 간선도로에 가까이 다가가 있었기 때
문에 다시 방향을 돌렸다.

결국 그는 더 높은 곳에서 산을 가로질렀다. 거친 격류가 노래
를 부르는 가파르고 검은 협곡. 밸러드는 이끼 낀 통나무 다리에
올라서서 흠뻑 젖고 진흙이 묻은 매트리스를 지고 허리를 굽힌
채 라이플을 앞세우고 조심스럽게 걸었다. 물이 얼마나 흰지, 밑
의 빠른 물 미끄럼틀 속에서도 그 형태는 얼마나 한결같은지. 바
위는 얼마나 검은지.

산에서 빗물에 파인 큰 구덩이에 이르렀을 때는 매트리스가

빗물로 너무 무거워져 비틀거렸다. 그는 구덩이의 돌벽에 있는 구멍으로 기어들어가 매트리스를 끌어당겼다.

그날 밤 내내 그는 소유물을 날랐고 밤새도록 비가 내렸다. 그가 산패하고 곰팡이가 핀 마지막 시체를 구덩이 벽을 통해 끌어당겨 물이 드는 어두운 회랑으로 내렸을 때는 동쪽에서 울고 있는 하늘의 옅은 회색 띠에 날빛이 이미 구멍을 냈다. 숲의 검은 잎들 사이로 굽이 질질 끌린 표시가 나는 그의 발자취를 보면 마치 작은 수레가 그곳을 통과한 것 같았다. 밤이 되자 얼음이 얼어 그는 작은 얼음 유리판들이 거미집처럼 다닥다닥 달린 풀밭을 올라가 숲으로 들어갔고 그곳은 나무들이 얼음에 사로잡혀 있었다. 각각의 잔가지는 바람 속에서 울거나 산산이 부서지는 유리 속의 작고 검은 뼈 같았다. 밸러드의 바짓단이 발목에서 달가닥거리는 북으로 얼어붙었고 신발 속 발가락은 차갑고 피가 흐르지 않았다. 그는 구덩이에서 걸어나와 밝아진 날을 보면서 너무 지쳐 흐느낄 뻔했다. 죽어 전설이 된 그 광야에서는 아무것도 움직이지 않았고 숲은 서리꽃 화환을 두르고 있었으며 잡초가 하얀 수정 환상들로부터 동굴 바닥의 돌 레이스처럼 삐죽삐죽 솟아 있었다. 그는 욕을 멈추지 않았다. 그에게 말을 거는 목소리는 악마가 아니라 가끔 제정신이라는 이름으로 나타나는 오래전에 벗어던진 자아였다. 참담한 분노의 테두리에서 그를 다

독여 다시 끌어내는 손.

그는 동굴 바닥을 흐르는 시내 옆에 불을 피웠다. 연기가 위의 둥근 천장에 모여 수많은 갈라진 틈과 구멍을 통해 천천히 빠져나가 새까만 안개 속에서 물이 뚝뚝 듣는 숲을 통과해 위로 올라갔다. 라이플의 기계장치를 시험해보니 꽁꽁 얼어 있었다. 그는 총열에 무릎을 꿇고 드잡이를 하여 두 손으로 레버를 떼어내려 했다. 그래도 움직이지 않자 불에 던졌다. 그러나 앞쪽 손잡이가 불에 그슬리는 것 이상의 일이 벌어지기 전에 다시 건져내 벽에 세워놓았다. 그는 야생 치커리를 시커메진 커피포트에 부수어 넣고 물이 가득한 포트를 불에 살짝 내려놓았다. 포트는 불길 속에서 부글거리고 쉿쉿 소리를 내고 노래를 했다. 밸러드의 그림자가 찻종 모양의 돌벽들 위에서 어둡게 방향을 틀고 모양을 바꾸었다. 그는 먹다 만 옥수수빵이 든 팬을 꺼내 불 옆, 마른 빵 껍질이 여름 도랑의 진흙 조각처럼 구부러져 있는 곳에 놓았다.

그는 시커먼 한낮에 반쯤 언 채 잠에서 깨 불을 손보았다. 뜨거운 통증이 발을 관통했다. 다시 드러누웠다. 매트리스의 물이 등까지 적시고 들어와 가슴을 두 팔로 안은 채 떨며 누워 있었고 잠시 후 다시 잠이 들었다.

잠을 깨자 고통이었다. 그는 일어나 앉아 두 발을 움켜쥐었다. 큰 소리로 으르렁거렸다. 조심스럽게 돌바닥을 가로질러 물로 가

서 앉아 발을 안에 집어넣었다. 개울이 뜨겁게 느껴졌다. 그는 그
곳에 발을 담그고 앉아 주절거렸다. 공감하는 유인원 무리의 중
얼거림처럼 작은 동굴 벽에서 메아리치는, 꼭 울음은 아닌 소리.

서비어 카운티 보안관은 법원 층계를 내려와 큰물에 잠긴 잔디 위 마지막 계단에 서서 물을 내다보았다. 물은 잿빛에 평평하고 잡석들로 막혀 있었으며 잔잔한 운하를 이루어 거리와 골목을 따라 뻗어나갔다. 주차 요금 징수기는 꼭대기만 간신히 보였고 왼쪽으로 좀 떨어진 곳에 뭔가가 움직이는 듯한 아주 희미한 느낌이 있었다. 리틀피전강의 주류가 평지에 고인 물을 잡아당기는 곳에 잡히는 둔하고 느린 주름. 보안관보가 작은 보트를 타고 노를 저어 잔디를 가로질러오자 보안관은 그를 보며 천천히 고개를 가로저었다. 보안관보는 보트의 뒤를 돌려 후진했고 선미판이 돌 착륙장에 쿵 닿았다.

코튼, 노 젓는 솜씨 하나는 굉장하군.

염병 그렇고말고요.

대체 어디 있었나?

노 젓는 사람이 노를 움직이지 않자 보트는 무겁게 쑥 가라앉았다.

나폴레옹처럼 서서 가시려고요? 내가 늦은 건 빌 스크러그스한테 딱지를 끊어야 했기 때문입니다.

딱지?

네. 모터보트를 타고 브루스 스트리트를 과속으로 달리는 걸 잡았거든요.

염병 말도 안 되는 소리.

보안관보는 싱글거리며 노를 물에 담갔다. 이게 보안관님이 본 가장 염병할 것 아닌가요? 그가 말했다.

비가 부슬부슬 내리고 있었다. 보안관은 물이 뚝뚝 듣는 모자챙 밑으로 물에 잠긴 타운을 살폈다. 어디서 턱수염이 긴 노인이 크고 멋진 배를 만드는 거 못 봤나 응? 그가 말했다.

그들은 노를 저어 타운의 큰길을 따라 물에 잠긴 가게와 작은 카페들을 지나쳐 올라갔다. 어떤 가게에서 두 남자가 노 젓는 보트에 더러워진 상자들을 싣고 옷가지 더미를 대충 쌓은 채 나왔다. 한 사람은 보트에서 노를 저었고 한 사람은 뒤에서 물속을 걸었다.

안녕하시오 보안관, 물속의 남자가 소리치며 손을 들어올렸다.

안녕하시오 에드, 보안관이 말했다.

보트에 탄 남자가 턱짓으로 인사했다.

파커 씨는 만났소? 물속의 남자가 말했다.

지금 거기로 올라가는 중이오.

문제가 생기면 강도짓을 하려 들 게 아니라 서로 더 가까워져야 하는데 말이야.

어떤 사람들은 어쩔 수가 없지, 보안관이 말했다.

그 말이 맞고말고.

그들은 계속 노를 저었다. 조심하쇼, 보안관이 말했다.

그래야지, 물속의 남자가 말했다.

철물점 입구로 들어가자 보안관보는 노를 배에 실었다. 안에서 사람들이 등불 빛에 의지해 물을 무겁게 첨벙거리며 돌아다니고 있었다. 한 남자는 진열장 안으로 들어갔다가 깨진 유리 사이로 보안관을 살폈다.

잘 있었나 페이트, 그가 말했다.

잘 있었나 유스티스.

그놈들이 가져간 가장 큰 건 총이야.

그게 그놈들이 가져가는 거지.

도대체 몇 정인지도 모르겠네. 일 년 동안은 못 찾지 싶어.

총에 적힌 번호들 좀 알려주겠나?

물이 빠져야 주지. 빠진다면 말이지만. 재고 서류가 지하실에 있어.

그래.

내일은 갠다고 하는데. 지금 시점에서는 사실 젠장 관심도 없지만. 안 그래?

평생 내가 본 최악이야, 보안관이 말했다.

1885년에 큰물이 났다는데 그때는 타운 전체가 물에 잠겼다고들 합니다.

진짜야?

그렇게 들었습니다, 보안관보가 말했다.

불이 나서 다 타버린 건 대여섯 번쯤 된다고 알고 있어, 가게 주인이 말했다. 선하신 주님이 세상에서 딱 몇 군데는 사람들이 들어가 살지 못하게 만들어놓으신 것 같지 않나?

그럴 수 있지, 보안관이 말했다. 이렇게 험한데도 굳이 여기 들어와 사는 황소고집 무리를 주님은 상대하셔야 하는 거지, 안 그래?

염병할 맞는 말이야.

내가 도와줄 건?

없어, 제기랄. 우리는 이 물건 가운데 몇 가지를 건져보려 하고 있어. 모르겠어. 정말이지 완전히 엉망이야.

그래. 번호 알게 되면 나한테 알려줘. 녹스빌에 나타날 가능성이 제일 크니까.

총을 돌려받는 것보다는 차라리 그걸 훔친 개자식들을 나한테 데려왔으면 좋겠어.

무슨 말인지 알겠어. 최선을 다하지.

그래.

그래, 이제 우리 보트 안에 있는 모터를 돌려서 우편물을 가지러 가야겠네.

보안관보는 싱글거리며 노를 잿빛 물에, 병이며 판자며 둥둥 뜬 과일들 사이에 집어넣었다.

나중에 이야기하자고, 페이트, 가게 주인이 말했다.

알았어 유스티스. 가게가 강도질을 당해서 정말 안됐어.

그래.

그들은 거리를 따라 노를 저어 올라가 우체국 앞 층계에 보트를 대고 안으로 들어갔다.

안녕하세요 터너 보안관님, 창살이 있는 창 뒤에서 유쾌한 여자가 말했다.

안녕하세요 워커 부인, 어떤가요?

축축하죠. 보안관님은 어떠세요?

이거 대단하지 않나요?

그녀는 창살 아래로 우편물 보따리를 내밀었다.

이게 다예요?

그게 다예요.

그는 우편물을 넘겨보았다.

차에서 실종된 사람들은 혹시 찾았나요?

한 명을 찾으면 다 찾게 될 겁니다.

그럼 그 한 명은 언제 찾나요?

다 찾게 될 겁니다.

그런 비열한 짓이 벌어지는 데가 있단 얘긴 들어본 적이 없어요, 여자가 말했다.

보안관은 웃음을 지었다. 전에는 더했죠, 그가 말했다.

브루스 스트리트를 따라 다시 노를 저어 내려가는데 위쪽 창에서 부르는 소리가 들렸다. 보안관은 누가 말하는지 보려고 몸을 뒤로 기대다가 가는 빗줄기를 피하려고 눈을 가늘게 떴다.

법원으로 가나, 페이트?

그럼요.

좀 태워주겠어?

어서 오세요.

코트만 입고 바로 내려갈게.

벽돌 가게 건물 옆으로 올라가는 층계 꼭대기에 한 노인이 나타났다. 그는 문을 닫고 모자를 매만진 다음 조심해서 층계를 내려왔다. 보안관보는 보트 꽁무니가 층계에 닿을 때까지 후진했고 노인은 보안관의 어깨를 아플 정도로 움켜쥐며 보트에 올라타 자리에 앉았다.

늙은 여편네가 오늘 그러더군. 심판이다. 죄와 그 모든 것의 대가다. 내가 그 말을 듣고, 그래서 이런 일이 생긴 거라면 서비어 카운티의 모든 사람이 속까지 다 썩었어야 하는 거라고 말해줬지. 그 여편네는 진짜 그렇다고 생각할 수도 있어, 나야 모르지. 그래 어떻게 지내나, 젊은 친구?

잘 지냅니다, 보안관보가 말했다.

여기 화이트캡스 이야기를 해줄 수 있는 분이 계시구면, 보안관이 말했다.

사람들이 그 이야기는 듣고 싶어하지 않는데, 노인이 말했다.

여기 코튼은 그게 자기한테는 좋은 생각인 것처럼 들린다고 하더군요, 보안관이 말했다. 사람들이 질서를 지키게 해줄 거라고.

노인은 노를 젓는 보안관보를 살펴보았다. 그런 건 믿지 말게, 젊은 친구, 그가 말했다. 그자들은 밑바닥의 도둑과 겁쟁이와 살인자 들이야. 그자들이 한 유일한 일은 여자를 때리고 노인에게서 저금을 빼앗은 것뿐이야. 연금생활자와 과부들. 그리고 밤에 자고 있는 사람들을 죽이고.

블루빌스는 어떤가요?

화이트캡스에 맞서려고 조직됐지만 똑같이 겁쟁이들이었지.
어딘가에, 그러니까 피전포지 같은 도시에 화이트캡스가 달려나
왔단 소릴 들으면 그리로 나가 다리의 판자들을 떼어내고 그놈
들이 지나가는 소리를 들을 수 있는 덤불에 들어가 기다렸어. 이
년 동안 카운티 전체에서 서로 사냥을 했는데 한 번도 만난 적은
없었어. 딱 한 번을 빼고. 그건 우연이었는데 좁은 장소라 양쪽
무리 모두 달아날 수가 없었거든. 아니, 그자들은 처음부터 끝까
지 안타까운 인간들이었어. 죄다 삼백육십 도 개자식들이었다
고. 이건 우리 아버지가 쓰던 말인데 어디에서 보나 개자식이란
뜻이야.

마지막에는 어떻게 됐는데요?

마지막에 어떻게 됐느냐 하면 배짱이 좀 있는 한 사내가 나섰
는데 그 사람이 톰 데이비스였어.

그분은 열심히 일하는 사람이지 않았나요, 웨이드 씨.

그 사람은 그랬지. 화이트캡스를 덮쳤을 때 그는 밀러드 메이
플즈 보안관 밑에 있던 보안관보에 불과했어. 그런데도 내슈빌
로 서너 번 출장을 갔고 비용도 자기 돈으로 댔어. 입법부에서
법안을 통과시키게 해서 저기 녹스빌에 있는 형사재판소가 순

회재판소 역할도 겸하게 했지. 서비어빌에 새 판사가 올 수 있도록 말이야. 그런 다음 화이트캡스를 잡으러 다니기 시작했어. 화이트캡스는 그 사람을 죽이려고 세상 온갖 방법을 썼지. 심지어 어느 날 밤에는 그 사람이 녹스빌에서 돌아올 때 커다란 깜둥이를 보내 공격하게 했지. 그 시절에는 기선으로 다닐 수 있었는데 이 깜둥이가 강 한가운데에 있던 다른 배에서 나와 그 사람을 쏘려고 총을 꺼냈어. 톰 데이비스는 총을 빼앗고 그놈을 데리고 와 감옥에 집어넣었어. 그 무렵 화이트캡스는 무리를 지어 카운티를 떠나고 있었지. 하지만 그 사람은 그놈들이 어디로 가든 상관하지 않았어. 켄터키에서도 잡아오고 노스캐롤라이나에서도 잡아오고 텍사스에서도 잡아왔지. 혼자 떠나서 몇 주 동안 안 보이다가 그놈들을 말떼처럼 줄에 묶어 데려왔어. 그 사람은 내가 들어본 가장 염병할 멋진 인간이야. 교육받은 사람이었지. 그전에는 학교 선생이었어. 남북전쟁 이후로 서비어 카운티에서는 민주당원이 선출된 적이 없었지만 톰 데이비스가 보안관에 출마했을 때는 사람들이 그를 뽑았지.

1885년 홍수는 기억 못하시죠? 보안관보가 말했다.

글쎄, 그게 내가 태어나던 해라 내 기억은 좀 희미해.

두 명을 교수형에 처한 건 몇 년이었죠, 웨이드 씨.

그건 99년이었지. 웨일리 부부를 살해한 플리스 윈과 캐틀렛

팁턴이었어. 그 부부를 잠자리에서 깨워 어린 딸이 보는 앞에서 머리를 날려버렸지. 그리고 감옥에 들어가 이 년 동안 항소니 뭐니 해댔어. 밥 웨이드도 그 일에 얽혀 있었는데 그 사람이 나와 친척이 아니라고 말할 수 있어 자랑스럽네. 그 인간은 교도소로 간 것 같아. 팁턴과 원, 그놈들은 바로 저기 법원 잔디밭에서 교수형을 당했어. 바로 새해 첫날쯤이었어. 호랑가시나무 가지며 크리스마스 초가 장식되어 있던 게 아직도 기억나. 커다란 비계를 설치해놨는데 두 놈 모두 아래로 떨어지도록 바닥에 문이 하나 달려 있었어. 사람들이 전날 저녁부터 타운으로 들어오기 시작했지. 마차에서 그냥 잤어, 많은 사람이. 청사 잔디에는 담요를 펼쳤고. 어디에나. 타운에서는 도대체 뭘 먹을 수가 없었지, 사람들이 세 겹으로 줄을 서 있었거든. 여자들이 거리에서 샌드위치를 팔았고. 그때는 톰 데이비스가 보안관이었어. 그 사람이 감옥에서 놈들을 데려왔는데 설교자도 둘을 붙여줬고 놈들 마누라도 팔에 매달려 있게 해줬지. 꼭 교회 가는 거 같았다니까. 다들 비계로 올라갔고 거기서 노래를 부르자 모두 함께 노래를 부르기 시작했어. 남자들은 죄다 모자를 벗어 들고 있었지. 나는 열세 살이었지만 어제 일처럼 기억이 생생해. 타운 전체와 서비어 카운티의 절반이 〈주 음성 외에는〉을 부르고 있었지. 그런 뒤에 설교자가 기도를 하고 마누라들이 남편한테 작별 키스를 한 다음 비계를 내려와 돌아서서 지켜봤고 설교자까지 내려오자 아주 조용해졌어. 이윽고 바닥의 문이 놈들 밑에서 아래로 툭 떨어지면서 놈들의 몸도 떨어지고 그렇게 매달려 꿈틀거리고 발길질을 해댔는데 얼마나 그랬는진 모르겠네, 십 분, 십오 분. 교수형이 빠르고 자비롭다고는 절대 생각하지 말게. 어쨌든 그걸로 서비어 카운티에서 화이트캡질은 끝났어. 사람들은 지금까지도 그 이야기는 하고 싶어하지 않아.

그때 사람들이 지금보다 비열했다고 생각하시나요? 보안관보가 물었다.

노인은 물에 잠긴 타운을 내다보고 있었다. 아니, 그가 말했다. 그렇게 생각하지 않아. 사람들은 하느님이 처음 만든 그날부터 똑같다고 생각해.

법원 층계를 올라가면서 노인은 그들에게 예전에 하우스산에 늙은 은자, 머리를 무릎까지 기르고 나뭇잎 옷을 입은 추레한 땅속 요정 같은 노인이 살았고, 사람들이 그가 사는 바위들 사이의 구멍 옆을 지나갈 때면 감히 돌을 던지면서 나오라고 소리를 질렀다는 이야기를 해주고 있었다.

봄에 밸러드는 매 두 마리가 짝을 지어 아래로 떨어지는 것을 지켜보았다. 날개는 위로 치켜들었고, 소리 없이 해에서 나오며 서로 떨어졌다가 나무들 위에서 날개를 확 펼치더니 가느다란 외침과 함께 원을 그리며 다시 올라갔다. 그는 눈으로 매를 계속 따라가며 하나가 상처를 입은 것인지 확인하려고 살펴보았다. 그는 매가 어떻게 짝을 짓는지는 몰랐으나 모든 것이 싸운다는 것은 알았다. 오래된 마찻길이 협곡으로 들어가는 곳에서 그는 자신이 늘 다니며 만들어낸 좁은 길로 들어서서 산 사면을 가로지르며 한때 살았던 전원지대를 다시 보았다.

그는 바위에 등을 대고 앉아 그 온기로 몸을 적셨다. 바람은 여전히 차가워 고산지대의 성긴 고사리, 바스러질 것 같은 회색 양치류가 몸을 떨었다. 그는 빈 수레가 아래 골짜기를 따라 올라오는 것을 지켜보았다. 멀리서 수레가 덜거덕거리는 소리. 노새는 여울에서 발을 멈추었으나 움직이지 않는 수레가 덜거덕거리는 소리는 그와 상관없이 마치 소리가 물질의 창조자이기라도 한 것처럼 계속 굴러가 마침내 그의 귀에까지 이르렀다. 그는 노새가 물을 마시는 것을 지켜보았다. 이윽고 수레 의자에 앉은 남자가 한쪽 팔을 들어올리자 수레는 다시 개울에서 나와 이번에는 소리 없이 움직이기 시작해 도로를 따라 올라갔고 다시 멀리서 나무가 덜커덩거리는 막힌 소리가 들렸다.

그는 골짜기의 모든 것의 아주 작은 진전을 지켜보았다. 쟁기 아래 골이 진 검은색을 드러내는 잿빛 들판, 나무들이 퍼뜨리는 느린 녹색의 맞물림. 그는 쭈그리고 앉은 채 두 무릎 사이에 머리를 떨어뜨렸고 울기 시작했다.

그는 동굴의 어둠 속에서 깬 채로 누워 있다가 휘파람소리를 들었다고 생각했다. 어린 시절 어둠 속에서 침대에 누워 있다가 듣곤 하던 소리였다. 아버지가 집으로 돌아올 때 길에서 휘파람을 부는 소리가 들리곤 했다. 외로운 피리 부는 사람. 하지만 지금 유일하게 들리는 소리는 동굴을 통해 흘러내려가는 냇물 소리뿐이었다. 그곳에서 냇물은 어쩌면 지구 중심에 있는 미지의 바다로 사라지는지도.

그날 밤 그는 짐승을 타고 낮은 능선을 따라 숲을 통과하는 꿈을 꾸었다. 아래쪽으로 해가 풀 위에 떨어지는 초원의 사슴들이 보였다. 풀은 여전히 축축했고 사슴들은 무릎까지 올라오는 풀 속에 서 있었다. 그는 몸 아래에서 노새의 등뼈가 구르는 것이 느껴졌고 두 다리로 노새의 몸통을 죄고 있었다. 얼굴을 스치는 잎 하나하나에 슬픔과 두려움이 깊어졌다. 한번 지나간 잎은 다시는 지나가지 않았다. 잎들은 베일처럼 그의 얼굴을 타고 넘어갔다. 이미 약간 노르스름했고 가느다란 뼈 같은 잎맥을 해가 빛나며 통과했다. 그는 계속 타고 가겠다고 결심했다. 돌아갈 수가 없었고 그날 세계는 지금까지 존재했던 어떤 날 못지않게 아름다웠고 그는 자신의 죽음을 향해 타고 가고 있었기 때문이다.

어느 화창한 오월의 아침 존 그리어는 오수 정화조를 파기 위해 집 뒤편으로 갔다. 그가 파고 있는 동안 머리털이 곤두선 가발과 치마 차림의 레스터 밸러드가 펌프실 뒤편에서 걸어나와 라이플을 들어올리고 소리 없이 공이치기를 당긴 다음, 사냥꾼들이 그러는 것처럼 방아쇠를 뒤로 당긴 채 천천히 공이치기를 홈에 집어넣었다.

그가 총을 쏘았을 때 삽이 흙 한 무더기와 함께 그리어의 어깨를 지나가고 있었다. 라이플의 탕 소리가 산의 바람 불어가는 쪽으로 사라지고 나서 한참 뒤 남자의 머리 위쪽에서 방향을 튼 운명의 징 소리가 울려퍼졌다. 남자는 작은 납 조각이 밝은 메달모양 보석처럼 빛나며 튕겨나간 삽을 위로 들어올린 채 얼어붙었고, 무엇인지 모르지만 거기 서서 자신에게 욕을 하며 라이플의 레버를 만지작거리는 형체를 보고 있었다. 완전히 무無로부터 창조되어 그런 무시무시한 의도를 갖고 자신을 덮친 유령. 남자는 삽을 내던지고 뛰기 시작했다. 밸러드는 움직이면서 쏘아 총알로 몸을 꿰뚫었고 남자의 속도에 멈칫거림이 한 번 섞였다. 밸러드는 남자가 집의 모퉁이를 돌아가기 전에 다시 한번 쏘았지만 어디를 맞추었는지는 알 수가 없었다. 이제 그 자신도 뛰고 있었다. 꾸준히 욕을 해대며 다시 라이플의 레버를 움직이고 집의 모퉁이에 다가갔다. 방향을 틀다 한 발이 쭉 미끄러지며 진흙을 사납게 찢었다. 그는 이제 라이플을 한 손에 쥐고 엄지를 공이치기에 건 채 미친듯이 팔짝팔짝 뛰는 걸음으로 층계를 올라가 문을 향해 달려갔다.

그는 눌렸던 용수철과 함께 튀어나온 어떤 것, 혹은 필름 편집자의 재주로 익살스럽게 짜맞춘 어떤 장면처럼 보였다. 그는 문에 삼켜졌다가 거의 동시에 다시 문으로부터 방출되었다. 거대한 진동을 일으키며 뒷걸음질로 튕겨나와 빙그르 돌았고 한쪽 팔은 독특하게 유연한 몸짓으로 밖으로 뻗어나갔다. 희미한 분홍색 피 구름과 갈래갈래 찢어진 옷가지와 소란의 와중에 포치의 나무판들 위에서 소리 없이 덜거덕거리는 라이플과 잠시 바닥에 쿵 하고 내려앉았다가 마당으로 던져지는 밸러드.

그리어는 가슴 위쪽에 관통상을 입었지만 산탄총을 들고 비틀거리며 문을 나와서 층계를 내려가 자신이 쏜 물체를 살폈다. 층계 맨 아래에서 그는 가발로 보이는 것을 집어들었고 그것이 전부 바싹 마른 인간 머리 가죽으로 만든 것임을 알게 되었다.

밸러드는 새까맣게 어두운 방에서 깨어났다.

낮처럼 환한 방에서 깨어났다.

새벽과 저녁 어스름 어느 쪽인지 알 수 없는 때에 방에서 깨어났고, 먼지 조각들이 보이지 않는 빛의 막대를 통과하며 잠깐 무작위로 백열하다 가장 작은 반딧불이들처럼 떠내려갔다. 그는 한동안 먼지들을 살피다가 손을 들어올렸다. 손이 올라오지 않았다. 다른 손을 들어올리자 노란 햇빛의 가느다란 띠 한 줄이 팔뚝을 가로질렀다. 방안을 두리번거렸다. 강철 탁자 위에 스테인리스스틸 냄비 몇 개. 물주전자와 잔. 옅은 하얀색 방에 옅은 하얀색 가운을 입은 밸러드, 가짜 복사服事 또는 살균된 중범죄자, 섬뜩한 짓을 벌이는 자, 시간제로 시체를 먹는 악귀.

몇 분 동안 깨어 있다가 사라진 팔을 찾아 더듬거리기 시작했다.

침대 안에는 없었다.

그는 목 주위의 시트를 끌어내리고 어깨를 크게 감싸고 있는 붕대를 살폈으나 전혀 놀라지 않는 표정이었다. 그는 주위를 두리번거렸다. 침대보다 크다고 할 수도 없는 방이었다. 뒤로 작은 창이 있었지만 목을 빼지 않고는 밖을 볼 수 없었는데 그렇게 하면 아팠다.

아무도 그에게 말을 걸지 않았다. 간호사가 양철 쟁반을 들고 들어와 그가 똑바로 앉는 것을 도와주었으나 밸러드는 여전히 사라진 팔을 이용해 균형을 되찾으려 하고 있었다. 수프 한 컵, 커스터드 한 컵, 왁스를 칠한 판지 상자에 든 우유 사분의 일 파인트. 밸러드는 숟가락으로 음식을 쿡쿡 찌르다 벌렁 누웠다.

그는 누워서 잠이 들지 않은 채 꿈을 꾸었다. 천장과 벽 위쪽의 누렇게 변색한 석고에 간 금이 뇌에 영향을 주는 것 같았다. 눈을 감아도 금을 볼 수 있었다. 텅 비어 있는 부식된 정신을 가로지르는 균열. 그는 카운티 병원 가운의 짧은 소매에서 툭 튀어나온, 붕대에 싸인 작은 덩어리를 보았다. 붕대를 감은 거대한 엄지손가락 같았다. 팔에 무슨 짓을 한 것일까 생각하다가 묻기로 했다.

간호사가 저녁을 가지고 왔을 때 그가 물었다. 내 팔은 어떻게 한 거야?

그녀는 탁자 상판을 펼치고 쟁반을 그 위에 놓았다. 총에 맞아 날아갔잖아요, 그녀가 말했다.

나도 그건 알아. 내가 알고 싶은 건 그걸 어떻게 했느냐는 거야.

모르겠어요.

너한텐 염병할 아무 일도 아니구나, 응?

아니죠.

내가 알아보지. 알아낼 수 있어. 문 앞에 계속 있는 저자는 누구야?

카운티 보안관보요.

카운티 보안관보.

네, 그녀가 말했다. 그쪽이 쏜 사람은요?

그 사람은 뭐?

그 사람이 살았는지 죽었는지 알고 싶지도 않나요?

글쎄.

그는 돌돌 말려 있던 리넨 냅킨을 풀어 포크와 나이프를 꺼냈다.

글쎄라니요? 그녀가 말했다.

글쎄 그자가 죽었나 살았나?

살았어요.

그녀는 그를 지켜보았다. 그는 애플소스를 숟갈로 떠서 바라

보더니 다시 내려놓았다. 그는 갑을 열고 우유를 마셨다.

　사실 어느 쪽이든 관심 없죠? 그녀가 말했다.

　아니 관심 있어, 밸러드가 말했다. 나는 그 개자식이 죽었으면
좋겠어.

그는 먹었고, 벽을 물끄러미 바라보았다. 환자용 변기나 요강을 사용했다. 가끔 다른 방에서 라디오 소리가 들렸다. 어느 날 저녁 사냥꾼으로 보이는 사람들이 그를 보러 왔다.

그들은 문밖에서 한참 이야기를 나눴다. 이윽고 문이 열리더니 방이 그들로 꽉 찼다. 그들은 밸러드의 침대 옆쪽에 모여들었다. 그는 자는 중이었다. 그는 침대에서 힘겹게 몸을 일으켜 그들을 보았다. 몇 명은 알았고 몇 명은 알지 못했다. 심장이 오그라들었다.

레스터, 덩치가 좋은 남자가 말했다. 시체는 어디 있지.

시체는 전혀 모르겠는데.

아니 알지. 몇 명이나 죽인 거야?

아무도 안 죽였어.

안 죽이긴 젠장 뭘 안 죽여. 레인네 여자애를 죽이고 그 집에서 그애와 아기를 불태우고 프로그산에 주차한 차에서 그 사람들도 죽였잖아.

그런 적 없는데.

그들은 말없이 그를 바라보고 있었다. 이윽고 남자가 말했다. 일어나, 레스터.

밸러드는 이불을 잡아당겼다. 일어나면 안 된다고 했어, 그가 말했다.

한 남자가 팔을 뻗어 이불을 걷어냈다. 밸러드의 막대기 같은 두 다리가 시트 위에 창백하고 누르스름하게 뻗어 있었다.

일어나.

밸러드는 몸을 가리려고 잠옷 가장자리를 잡아당겼다. 두 다리를 침대 옆쪽으로 돌리고 잠시 그렇게 앉아 있었다. 이윽고 일어섰다. 다시 주저앉으며 작은 탁자를 움켜잡았다. 어디 가는 거야? 그가 말했다.

무리 뒤쪽에서 누군가가 말을 했지만 밸러드는 알아듣지 못했다.

네가 입을 수 있는 건 그게 다냐?

모르겠어.

그들은 옷장을 열어 안을 보았지만 대걸레 몇 개와 물통뿐이었다. 그들은 그곳에 서서 밸러드를 보았다. 대단해 보이지 않았다.

갈 거면 어서 나가는 게 좋겠어. 얼이 보안관을 데리러 간 것 같아.

가자고, 밸러드가 말했다.

그들은 밸러드를 일으켜 문 쪽으로 밀었고 사람들이 그 뒤로 모여들었다. 그는 다시 한번 침대를 돌아보았다. 잠시 후 그들은 널찍한 병원 복도를 걸어가고 있었다. 그들은 열린 문을 통과했고 그 안에선 병상에 누운 사람들이 그가 떠나는 것을 지켜보고 있었다. 그의 발밑 리놀륨은 차가웠으며 걸어가는 두 다리가 약간 후들거렸다.

서늘하고 맑은 밤이었다. 밸러드의 눈길이 병원 주차장 주상등柱上燈 너머로 차가운 막처럼 펼쳐져 있는 별들을 향해 올라갔다. 그들은 얼마 전에 내린 비로 축축한 검은 아스팔트를 가로질렀다. 남자들이 픽업트럭 문을 열고 밸러드에게 들어가라고 손짓했다. 그는 앞좌석으로 기어올라가 벌거벗은 두 다리를 앞으로 모으고 앉았다. 남자들이 양옆에서 올라탔고 모터가 움직이기 시작하고 불이 밝혀졌으며 다른 차와 트럭 불빛이 주차장을 비추었다. 밸러드는 남자가 기어 손잡이를 잡을 수 있도록 아이처럼 무릎을 움직여야 했다. 그들은 주차장을 빠져나가 거리에 내려섰다.

어디로 가는 거야? 밸러드가 말했다.

도착하면 우리 전부 알게 돼, 운전사가 말했다.

그들은 간선도로로 나가 산으로 향했다, 트럭과 차들의 행렬. 그들은 어떤 집에서 멈추었다. 한 남자가 밸러드 뒤쪽의 차에서 내려 문으로 갔다. 여자가 그를 안으로 들였다. 안에 알전구의 환한 빛 아래 여자와 아이들 몇 명이 보였다. 잠시 후 남자가 다시 나오더니 트럭으로 내려와 창문으로 보퉁이를 들이밀었다. 이걸 여기서 걸치라고 해, 그가 말했다.

운전하는 사람이 보퉁이를 밸러드에게 건넸다. 걸쳐, 그가 말했다. 작업복과 군용 셔츠였다.

그는 무릎에 옷을 놓은 채 트럭에 앉아 있었고 차는 다시 길로 나섰다. 그들은 비포장도로로 빠져 검은 소나무들이 전조등을 사슬톱니처럼 가로지르는 낮은 구릉들을 구불구불 통과했고 다시 풀이 높이 자란 다른 도로로 나섰다가, 마침내 제재소 잔해가 별빛에 드러난 고지대 초원에 올라섰다. 창을 돌로 막아 빛이 보이지 않는 헛간 하나. 회색 목재 더미, 여우가 살던 톱밥더미.

트럭을 몰던 사람이 문을 열고 내렸다. 다른 차들도 옆에 멈추었고 사람들이 모여들기 시작했다. 가라앉은 목소리들과 차문이 닫히는 소리. 밸러드만 잠옷 차림으로 트럭 좌석에 앉아 정강이를 드러내고 있었다.

오티스한테 저자를 지키라고 해.

그냥 저 위로 데리고 올라가는 게 어때.

거기 앉아 있으라고 해.

왜 옷은 안 입은 거야.

트럭 문이 열렸다. 춥지 않나. 어떤 남자가 말했다.

밸러드는 멍하니 그를 보았다. 팔이 아팠다.

옷을 입으라고 해.

거기서 옷을 입으라는데, 그 남자가 말했다.

밸러드는 팔과 다리 구멍을 찾아 보퉁이를 헤치기 시작했다.

오티스 네가 이제 저자 지켜.

손을 묶어야 할 것 같은데요.

노새처럼 두 손을 다리 하나에 묶어도 돼.

제리 저 병 가져왔던 데 도로 갖다놓을 수 있지. 지금 이건 심각한 일이야.

밸러드는 셔츠를 입었고 단추를 채우려 하고 있었다. 한 손으로 셔츠 단추를 채워본 적이 없어 솜씨가 시원치 않았다. 작업복을 입고 띠를 조였다. 작업복은 부드럽고 비누 냄새가 났으며 밸러드가 한 명 더 들어가도 될 만큼 컸다. 그는 셔츠의 축 늘어진 소매를 작업복 안에 넣고 주위를 둘러보았다. 한 남자가 산탄총을 들고 트럭 짐칸에 쭈그리고 앉아 뒤쪽 유리로 그를 지켜보고 있었다. 산 위쪽 제재소 옆에는 모닥불이 바람에 혀를 날름거렸고 남자들이 그 주위에 모여 있었다. 밸러드가 앞의 글러브박스 단추를 누르자 문이 아래로 내려오며 열렸다. 종이들 사이를 뒤졌지만 아무것도 나오지 않았다. 문을 다시 닫았다. 잠시 후 손잡이를 돌려 창문을 내렸다.

거기 뒤쪽에 담배 없어? 그가 말했다.

남자는 앞으로 몸을 기울이더니 열린 창으로 담배 한 갑을 내밀었다. 밸러드는 한 개비를 뽑아 입에 물었다. 성냥 있어? 그가 말했다.

남자가 성냥을 건네주었다. 어떻게 입은 달고 다녀? 그가 말했다.

여기 오고 싶어서 온 게 아냐, 밸러드가 말했다.

그는 성냥을 대시보드에 그어 담배에 불을 붙이고 어둠 속에 앉아 담배를 피우며 산의 불을 지켜보았다. 잠시 후 한 남자가 내려와 문을 열고 밸러드에게 나오라고 말했다. 그는 힘겹게 내려가 작업복 차림으로 그곳에 섰다.

그자를 데리고 올라와, 오티스.

밸러드는 총구에 밀려 발을 질질 끌며 산을 올랐다. 발을 멈추

222

고 작업복 단을 말아올려야 했다. 불에 이르자 그는 멈추어서 자신의 맨발을 내려다보았다.

밸러드.

밸러드는 대답하지 않았다.

밸러드, 우리는 네 마음을 가볍게 해주려고 해.

밸러드는 기다렸다.

우리가 제대로 묻어줄 수 있도록 그 사람들을 어디에 두었는지 알려주면 너를 다시 그 병원에 데려다주고 네가 법에 운을 걸어볼 수 있게 해주겠어.

맘대로 해, 밸러드가 말했다.

시체는 다 어디 있나, 밸러드.

시체 같은 거 난 아무것도 몰라.

그게 네 마지막 말인가?

밸러드는 그렇다고 말했다.

그 케이블 갖고 있지, 프레드?

그럼.

원에서 한 남자가 나서더니 기름이 묻은 꼰 강철 케이블 똬리를 들고 왔다.

저 팔을 움직이지 못하게 묶어야 할 거야. 트럭에 밧줄 있는 사람 있어?

나한테 있어.

저자한테 그걸 물어봐, 어니스트.

얼른 어니스트.

남자는 밸러드를 돌아보았다. 그 죽은 여자들이 왜 필요했던 거야? 그가 물었다. 썹을 한 거야?

밸러드의 얼굴이 불빛 속에서 잠깐 우스꽝스럽게 꿈틀거렸으나 말은 나오지 않았다. 그는 주위의 고문자들을 둘러보았다. 케이블을 든 남자가 똬리 가운데 한 부분을 땅에 풀었다. 케이블 한쪽 끝에 고리를 만들고 다른 쪽 케이블을 고리에 끼워넣어 거대한 토끼 올가미 같은 원형 올가미를 만들었다.

했다는 거 다 알잖아, 남자가 말했다. 어서 데려가기나 해.

누군가 밸러드의 팔 둘레에 밧줄을 묶고 있었다. 강철 케이블이 그의 목을 타고 미끄러져 어깨에 놓였다. 차가웠고 기름냄새가 났다.

이윽고 그는 제재소를 향해 산을 걸어올라갔다. 미끄러운 곳을 내려갈 때는 그들이 그를 부축하여 조심스럽게 걸었다. 모닥불의 불길이 산 사면 위쪽을 가로지르는 들쭉날쭉한 그림자놀이 속에 그들을 한데 엮었다. 밸러드는 한 번 미끄러졌고 사람들이 붙들어 넘어지지 않게 해주었다. 그들은 톱밥 구덩이 위에 놓인 가로세로 팔 인치 나무에 멈춰 섰다. 그들 중 한 남자가 다른 사람들의 도움을 받아 머리 위 들보로 올라갔고 케이블 끝을 위로 잡아당겼다.

병원에서 저자를 약에 취하게 한 건 아니지, 어니스트? 저자가 자기한테 무슨 일이 일어나는지도 모르는 건 싫어.

내가 보기에는 정신 말짱한 것 같은데.

밸러드는 말한 남자 쪽으로 목을 길게 뺐다. 말할게, 그가 말했다.

뭘 말해?

어딨는지. 그 시체들. 말하면 놔준다 그랬잖아.

흠 말하는 게 좋을걸.

동굴에 있어.

동굴.

동굴에 뒀어.

찾을 수 있어?

그럼. 어딨는지 알지.


밸러드는 랜턴과 손전등을 든 여덟 내지 열 명의 남자들과 함께 한때 자신의 집이었던 속이 빈 바위로 들어섰다. 나머지 사람들은 동굴 입구에 불을 피우고 여기저기 흩어져 앉아서 기다렸다.

남자들은 그에게 손전등을 주고 뒤에 줄을 섰다. 물이 뚝뚝 듣는 좁은 회랑을 내려가 돌의 방들을 가로질렀다. 바닥 여기저기에 부서질 것 같은 첨탑들이 서 있고 앞이 보이지 않는 어둠 속에 돌바닥에는 물줄기가 흘렀다.

　그들은 자리를 옮긴 성층면들 사이를 네발로 기어가다 좁은 골짜기를 올라갔고 밸러드는 작업복 단을 조절하기 위해 가끔 멈추었다. 그의 수행단은 약간 놀라고 있었다.

　이보다 대단한 걸 본 적 있어?

　어렸을 때 이런 오래된 동굴들에서 빈둥댄 적이 있지.

　우리도 그랬지만 나는 여기 이런 게 있는 줄은 전혀 몰랐어.

　갑자기 밸러드가 멈추었다. 손전등을 입에 물고 한 팔로 균형을 잡으며 바위 턱으로 기어올라가 얼굴을 벽에 대고 턱을 따라가다가 원숭이처럼 맨발 발가락으로 돌들을 움켜잡으며 다시 위로 올라갔고 돌의 갈라진 좁은 틈을 기어서 통과했다.

　남자들은 그가 가는 것을 지켜보았다.

　염병할 보나마나 끔찍하게 작은 구멍이겠구먼.

　지금 내 머릿속에는 시체들을 발견한다 해도 그걸 어떻게 여기서 갖고 나가느냐 하는 생각뿐이야.

　뭐 누군가는 저기를 기어올라가야 해. 가자고.

　여기 에드. 전등을 잡아.

첫번째 남자가 바위 턱을 따라가다 구멍으로 기어올라갔다.
자세를 바꾸어 옆으로 걸었다. 허리를 구부렸다.

그 전등 좀 여기 위로 올려줘.

왜 그래?

젠장.

뭐야?

밸러드!

밸러드의 이름이 그가 사라진 구멍에서 방향을 틀어가며 계속
작아지는 일련의 메아리가 되어 희미해졌다.

왜 그래, 토미?

저 조그만 개자식.

어디 있어?

정말이지 사라져버렸어.

그럼 쫓아가야지.

나는 구멍을 통과할 수가 없어.

이런 빌어먹을.

누가 가장 작아?

에드 같은데.

이쪽으로 올라와, 에드.

남자들은 다음 사람을 위로 밀어올렸고 그는 안으로 비집고

들어가려 했지만 몸이 구멍에 맞지 않았다.

그놈 전등 같은 게 보여?

젠장 안 보여, 염병할 아무것도 없어.

누가 가서 지미 좀 데려와. 지미는 통과할 수 있어.

남자들은 옥신각신하는 창백한 전등 빛줄기들 속에서 그곳에
모인 서로를 둘러보았다.

이런 개똥 같은.

내가 개똥 같다는 거야?

나는 염병 분명히 개똥 같아. 우리가 여기까지 어떻게 왔는지
기억하는 사람 있어?

이런 씨발.

함께 뭉쳐 있는 게 좋겠어.

그놈이 들어간 이 구멍으로 들어가는 다른 입구가 있을까?

모르겠어. 여기 감시할 사람을 남겨둬야 하나?

그랬다간 절대 다시 찾지 못할지도 몰라.

그거 꽤나 맞는 말이군.

여기 모퉁이를 돌아선 곳에 손전등을 하나 둬서 누가 기다리
고 있는 것처럼 보이게 할 수는 있지.

흠.

밸러드!

조그만 개자식.

좆같구먼. 가자고.

누가 앞장서고 싶어?

내가 찾을 수 있을 것 같아.

그럼 앞에서 가.

염병할 그 조그만 새끼가 우리를 바보 무리로 알고 갖고 논 것
이로구먼.

그 새끼 눈에 그렇게 보이니까 그렇게 갖고 놀았겠지. 어서 밖
에 있는 애들한테 무슨 일이 있었는지 말해주고 싶군.

걔들한테 이야기하는 재미를 누가 맛볼지 제비를 뽑는 게 좋
을지도 모르겠는걸.

다 머리 조심해.

우리가 무슨 짓을 했는지 알지 웅?

그럼. 우리가 무슨 짓을 했는지 알아. 우리는 그 조그만 씹새
끼를 감옥에서 구해서 다시 사람들을 죽일 수 있도록 풀어줬어.
그게 우리가 한 짓이야.

정확하게 아는군.

우리가 잡을 거야.

그놈이 먼저 우리를 잡은 건지도 몰라. 여기 이거 기억나?

하나도 기억 안 나. 나는 그냥 앞에 있는 사람을 따라가고 있어.

사흘 동안 밸러드는 들어간 동굴에서 다른 출구를 찾아 돌아다녔다. 그는 일주일은 되었다고 생각했고 손전등 배터리가 오래가는 것에 놀랐다. 쪽잠을 자고 일어나 다시 걷는 것이 습관이 되었다. 잘 곳은 돌밖에 없어 잠이 짧았다.

끝에 다가갔을 무렵 손전등의 칙칙한 주황색 불빛을 따뜻하게 만들려고 전등을 다리에 대고 두드렸다. 배터리를 꺼내 두 배터리의 순서를 바꾸어 다시 넣었다. 한 번은 뒤쪽 어딘가에서 목소리들이 들렸고 한 번은 불빛이 보인 것 같았다. 적의 불빛이 아니기를 바라며 어둠 속에서 그쪽으로 움직였지만 아무것도 찾아내지 못했다. 그는 무릎을 꿇고 똑똑 떨어진 물이 고인 웅덩이에 입을 갖다댔다. 쉬었다가 다시 마셨다. 그의 전등 빛줄기가 뚫은 구멍으로 들어온 아주 작고 투명한 물고기들, 연약한 돌비늘 껍데기 속에 뼈들이 그림자처럼 자리잡은 물고기들이 얕은 돌바닥 웅덩이를 가로지르는 것을 지켜보았다. 일어서자 그의 쇠약한 올챙이배 안에서 물이 출렁였다.

그는 길고 미끄러운 진흙 비탈을 쥐처럼 허우적거리며 올라가 뼈들로 가득한 긴 방으로 들어섰다. 밸러드는 이 고대의 납골당을 돌며 잔해들을 걷어찼다. 작은 구멍이 숭숭 뚫린 들소와 엘크의 갈색 갑옷. 재규어의 두개골에서 남아 있는 송곳니 하나를 뜯어내 작업복 가슴주머니에 챙겼다. 같은 날 그는 깎아지른 낭떠러지에 이르렀고 시원찮은 손전등 빛줄기는 축축한 벽을 따라 떨어져내리다 무無와 밤에서 끝나고 말았다. 돌멩이 하나를 찾아 가장자리 너머로 던졌다. 돌은 소리 없이 떨어졌다. 떨어졌다. 적막 속에서. 밸러드가 다시 던지려고 다른 돌을 찾아 몸을 돌렸을 때 저 아래 물에서 조약돌이 우물에 떨어지듯 작게 퐁 하는 소리가 났다.

마침내 그는 진짜 날빛의 가는 줄기가 천장으로부터 비스듬히 비쳐 드는 작은 방에 이르렀다. 그제야 자신이 밤에 위쪽 세상으로 통하는 다른 구멍들을 있는지도 모르고 지나쳤을 수도 있다는 생각이 들었다. 그는 갈라진 틈 안으로 손을 집어넣었다. 파헤쳤다. 흙을 긁어냈다.

깨어났을 때는 어두웠다. 주위를 더듬다 손전등을 찾고 단추를 눌렀다. 전구 안에서 창백한 빨간 선 하나가 밝아지다가 서서히 죽었다. 밸러드는 어둠 속에 귀를 기울이고 누워 있었지만 들리는 것은 심장소리뿐이었다.

아침에 틈새의 빛이 침침하게 그의 윤곽을 드러냈을 때 이 잠에 취한 포로는 속이 텅 빈 돌 요새 안에서 꼭 죄를 뒤집어쓰고 있는 것처럼 보여 자신이 신들에 대항하는 매우 통탄할 만한 사례라는 그의 생각이 반쯤은 맞는다고 할 수도 있었을 것이다.

그는 온종일 일을 했다. 돌조각이나 맨손으로 구멍을 긁어냈다. 자고 일하고 다시 잤다. 또는 이빨이 돛 만드는 사람의 바늘처럼 정밀하게 흰 숲쥐들이 깨끗하게 살을 발라먹고 나선형 홈만 남겨둔 뼈처럼 단단한 껍질들 사이에서 온전한 히커리 열매를 하나라도 찾을 수 있을까 싶어 둥지의 먼지 낀 유골 사이를 뒤졌다. 그러나 하나도 찾아낼 수 없었고 배가 고프지도 않았다. 그는 다시 잤다.

밤에 사냥개 소리가 들려 그들을 소리쳐 불렀지만 동굴 안에 자신의 목소리의 메아리가 거대하게 울려퍼지자 두려움이 차올라 다시는 소리를 지르지 못했다. 어둠 속에서 쥐들이 종종걸음을 치는 소리가 들렸다. 어쩌면 그것들이 그의 두개골 안에 둥지를 틀고 뇌의 엽葉들이 있던 동굴에다 머리에 털도 안 난 채로 가

날프게 울어대는 작은 새끼들을 낳은 것인지도 몰랐다. 그의 뼈
는 달걀 껍데기처럼 깨끗하게 닦여 광택이 나고, 골수가 흐르던
세로 홈에서는 지네가 잠을 자고, 갈비뼈들은 거무스름한 돌 사
발에 담긴 뼈 꽃처럼 늘씬하게 흰빛으로 구부려져 있고. 그는 어
떤 야수 같은 산파가 그를 이 바위 감옥으로부터 쪼개서 떼어내
주기를 바랄 만한 이유가 있었고 실제로 그렇게 바랐다.

아침에 그와 하늘 사이에 거미집이 있었다. 그는 잡석을 한줌
집어 빛줄기를 향해 집어던졌다. 또다시 던져 마침내 거미집은
자취를 남기지 않고 사라졌다. 그는 몸을 일으켜 파기 시작했다.

그는 머리를 벽에 기대고 손에 돌연장을 든 채 잠에서 깼고 다
시 팠다. 그날 늦게 얇은 돌판 하나가 흔들거리다 달가닥거리며
구멍 안으로 떨어져내렸다. 그는 그 돌을 빼내다가 찢어진 손가
락을 입에 물며 앉았고 흙의 퀴퀴한 맛이 쇠의 녹 같은 피의 팅
크와 섞였다. 구멍에서 메마른 흙이 체로 거른 것처럼 가늘게 떨
어져내렸다. 하늘을 배경으로 나뭇가지들이 보였다.

그는 다시 기어올라가며 작업에 착수했다. 이제 진짜 돌을 향
해 망치질을 했고 계층화되어 켜켜이 쌓인 돌에서 얇은 조각이
떨어져나왔다. 밸러드는 쑤시고 팔 수 있는 큼지막한 돌덩어리
들을 이용했다. 어두워지기 전에 그는 흙 위로 머리를 밀어올려
밖을 보았다.

처음 눈에 보인 것은 암소였다. 그가 올라온 숲 너머 백 피트 정도 떨어진 들에 있었으며 암소 너머에는 헛간이 있고 그 너머에는 집이 있었다. 그는 생명의 표시를 찾으려고 집을 살폈지만 아무것도 보이지 않았다. 그는 다시 구멍 안으로 내려와 쉬었다.

어두워지고 나서 몇 시간이 지나 깜깜한 밤이 되었을 때 마침내 그는 흙에서 몸을 내밀었다. 아래 집에는 불들이 밝혀져 있었다. 그는 어떤 안내 같은 것을 찾아 별들 사이를 살폈으나 하늘의 모양이 달라 신뢰할 수가 없었다. 그는 숲을 가로질러 담장 하나를 넘어 들을 가로지르다 도로에 이르렀다. 한 번도 발을 디뎌본 적이 없는 곳이었다. 오르막이 산 쪽으로 가는 것을 보고 반대쪽을 택했고 곧 힘은 없었지만 큰 문제 없이 절뚝거리며 움직여 갔다. 밤은 더 바랄 나위 없이 맑았으며 공기에는 벌써 인동 꽃향기가 희미하게 아른거렸다. 아무것도 먹지 못한 지 닷새째였다.

얼마 가지 않아 교회 버스 한 대가 뒤쪽에서 끼꺽거리며 시야에 나타났다. 밸러드는 허둥지둥 길가 잡초들 속으로 들어가 웅크린 채 지켜보았다. 버스는 덜컹거리며 지나갔다. 불이 환하게 밝혀져 있었고 안의 얼굴들이 유리창에 하나씩, 모두 옆모습으로 지나갔다. 뒤쪽 맨 마지막 좌석에 조그만 소년이 창에 코를 박고 밖을 내다보고 있었다. 밖에는 볼 것이 전혀 없었지만 그래도 보고 있었다. 소년은 지나가면서 밸러드를 보았고 밸러드도 마주보았다. 이어 버스는 굽이를 돌았고 덜컹거리며 시야에서 사라졌다. 밸러드는 도로로 다시 기어올라가 가던 길을 갔다. 그는 그 소년을 어디에서 보았는지 마음속에서 찾아내려고 애쓰다가 그 소년이 자신처럼 보인다는 것을 깨달았다. 그러자 안달이 나기 시작했고 유리로 보이던 얼굴을 떨쳐버리려 했지만 얼굴은 사라지지 않았다.

간선도로에 이르자 길을 건너 그 너머 들판으로 들어갔다. 새로 간 땅의 흙덩어리들을 비틀거리며 넘어 마침내 강에 이르렀다. 강가 숲에는 상류에서 내려온 쓰레기와 종이가 걸려 있었고 나무에는 토사가 석고처럼 덮여 있었으며 높이 하늘을 배경으로 나뭇가지들 사이에 박힌 표류물이 거대한 둥지를 이루고 있었다.

타운이 가까워지자 수탉들이 소리를 질렀다. 아마도 밤의 어둠에서 나그네는 읽을 수 없는 안도감을 느끼는 것 같았지만 그는 계속 동쪽을 살폈다. 어쩌면 공기에서 어떤 신선함을 느끼는지도 몰랐다. 잠든 땅을 가로질러 도처에서 그들은 서로 외치고 답을 했다. 예나 지금이나. 다른 나라에서나 이곳에서나.

그가 카운티 병원 안내대에 나타났을 때는 새벽이었다. 야간 당직 간호사가 커피를 들고 복도를 따라 내려오다 밸러드가 카운터에 기대선 것을 보았다. 아주 큰 작업복에 싸인 채 벌건 진흙을 뒤집어쓴 잡초 모양의 외팔 인간. 눈이 우묵한 채 담배를 피우고 있었다. 나는 여기 있어야 하는 사람이야, 그가 말했다.

그는 어떤 범죄로도 기소되지 않았다. 녹스빌 주립병원으로 옮겨져 사람들 두개골을 열고 숟가락으로 뇌를 퍼먹던 미친 신사의 옆 감방에 들어갔다. 밸러드는 바람을 쐬라고 밖에 내보내줄 때 그를 가끔 보았지만 미친 사람에게 할 말은 없었고 그 미친 사람은 자기 범죄의 극악무도함으로 인해 오래전부터 말을 잃어버렸다. 그의 금속 문 걸쇠에 구부러진 숟가락이 꽂혀 있어서 밸러드는 그게 미친 사람이 뇌를 퍼먹던 숟가락이냐고 한 번 물었지만 답은 얻지 못했다.

　그는 1965년 사월 폐렴에 걸려 대학병원으로 이송되었고 그곳에서 치료를 받아 회복된 것처럼 보였다. 그는 라이언스뷰 주립병원으로 돌아갔고 이틀 뒤 감방 바닥에서 시체로 발견되었다.

그의 시신은 멤피스의 주립의대로 옮겨졌다. 그곳 지하실에서 포르말린으로 보존 처리된 다음 바퀴 달린 침대로 옮겨져 새로 도착한 다른 사망자들과 함께 자리를 잡았다. 몸을 판 위에 놓고 껍질을 벗기고 내장을 파내고 절개를 했다. 머리는 톱으로 열고 뇌를 꺼냈다. 근육은 뼈에서 도려냈다. 심장을 꺼냈다. 내장은 들어내 윤곽을 그렸고, 그의 몸 위로 허리를 굽힌 젊은 학생 네 명은 아마 고대의 창자 점쟁이들처럼 그런 내장의 배치에서 앞으로 찾아올 더 나쁜 괴물들을 보았을 것이다. 석 달이 지나 학기가 끝났을 때 탁자에서 긁어낸 밸러드는 비닐봉투로 들어가 그와 같은 종류의 다른 시신들과 함께 도시 바깥의 공동묘지로 가서 매장되었다. 학교에서 온 목사가 간단하게 예배를 드렸다.

같은 해 사월 어느 날 저녁 아서 오글이라는 이름의 남자가 고지대의 밭에서 땅을 갈다가 쟁기를 손에서 놓쳤다. 잠시 후 멍에를 멘 한 쌍의 노새가 쟁기를 끌고 땅속으로 사라지는 것이 보였다. 그는 조심스럽게 땅이 그것들을 삼킨 자리로 기어갔지만 그곳에는 암흑뿐이었다. 땅속에서 서늘한 바람이 불어왔고 저 아래 물이 흐르는 소리가 들렸다.

　　다음날 이웃 사내아이 둘이 밧줄에 매달려 땅이 꺼진 곳으로 내려갔다. 그들은 노새를 찾지 못했다. 그들이 찾은 것은 수많은 사람의 주검이 누워 쉬는 자세로 돌 선반에 줄지어 놓인 방이었다.

　　그날 오후 늦게 서비어 카운티 보안관이 보안관보 둘과 다른 남자 둘과 함께 윌리 깁슨의 오래된 라이플 가게에 차를 두고 밭을 가로질러 와 개울을 건너 옛날에 통나무를 운반하던 길을 올라갔다. 그들은 랜턴과 밧줄 똬리와 더불어 '테네시주 소유'라고 스텐실로 찍은 모슬린 수의 여러 벌을 들고 갔다. 서비어 카운티 보안관이 직접 땅이 꺼진 곳으로 내려가 그곳의 묘를 살폈다. 주검들은 밀랍 같은 지방으로 덮여 있었고 축축한 곳에 있는 사체에는 모두 옅은 회색 치즈 같은 곰팡이가 피었으며 숲속에서 썩어가는 통나무에 붙어 있는 것 같은 밝은색 버섯들이 가리비 껍데기처럼 붙어 있었다. 공간은 시큼한 냄새로 꽉 차 있었고 암모니아 악취가 희미하게 번져 있었다. 보안관과 보안관보는 밧줄로 올가미를 만들어 첫번째 주검 상체에 씌우고 꽉 조였다. 그들은 그녀를 판에서 끌어내린 다음 질질 끌고 지하 묘지의 돌바닥을 가로지르고 좁은 통로를 따라가다 땅이 꺼진 곳의 날빛이 닿는 벽에 이르렀다. 이 기울어진 빛의 기둥 속에서 왔다갔다하는 티끌들 사이에 서서 그들은 밧줄을 달라고 소리쳤다. 밧줄이 내려오자 주검 둘레의 밧줄에 단단히 이은 다음 다시 들어올리라고 소리쳤다. 밧줄이 팽팽하게 당겨지더니 첫번째 주검이 동굴 바닥에 일어나 앉았고 위에서 밧줄을 끌어올리는 손들이 인형을 조종하는 사람들처럼 그림자들을 가지런히 정리했다. 사체의 턱에서 회색 비누 같은 덩어리들이 떨어졌다. 그녀는 대롱거리며 올라갔다. 올가미로 조여진 곳의 허물이 벗겨졌다. 회색 분비물이 뚝뚝 듣었다.

저녁에 지프 한 대가 트레일러를 뒤에 달고 통나무 길을 내려왔고 트레일러 바닥에는 거대한 햄처럼 모슬린에 감싸인 주검 일곱 구가 누워 있었다. 새로 내리는 어둠 속에서 그들이 골짜기를 따라 내려갈 때 볕을 쪼이던 쏙독새들이 길 앞쪽 먼지 속에서 날아올라 거칠게 날개를 퍼덕이며 전조등에 보석처럼 빨간 눈을 드러냈다.

이 소설의 제목인 '신의 아이Child of God'는 보통 우리가 쓰는
표현으로 하자면 '하느님의 자녀'가 될 것이다. 그렇다, 교회에
서 흔히 사용하는 그 표현 맞는다. 그래서 본문에 이 표현이 나
올 때는 그렇게 옮겨놓았다. "아마도 당신과 다를 바 없을 하느
님의 자녀." 어쩌면 책의 앞부분에 나오는 바로 이 구절—이 소
설의 주인공을 묘사하는 말이다—이 이 길지 않은 소설의 핵심
을 노골적으로 요약한다고 볼 수도 있다. 이 때문에 우리는 그뒤
에 이어지는, 한 인물의 극단으로 치닫는 행동을 보면서도 그를
나와는 다른 존재로 치부하며 마음껏 욕을 하거나 침을 뱉지 못
하고 계속 '나와 다를 바 없을 하느님의 자녀'라는 말로 돌아오
게 된다. 말하자면, 밖으로 달아나지 못하고 그 말이 둘러친 벽

에 부딪혀 계속 되돌아와 많은 부정적 감정을 억누르며 이 인물과 함께 살아야 한다. 어쨌든 책이 끝날 때까지는. 아니면 책을 중간에 덮거나.

물론 신을 이야기의 중요한 참조점으로 삼는 것은 코맥 매카시에게서 흔히 볼 수 있는 일로, 『로드』나 『선셋 리미티드』에서도 이미 확인한 바다. 하지만 기독교적 표현을 차용하는 경우에도 이 신을 우리 일상에 임하는 신으로 받아들이기는 쉽지 않다. 『로드』에서처럼 인류 절멸의 위기가 찾아왔을 때, 『선셋 리미티드』처럼 목숨을 내놓을 만큼 절망에 빠졌을 때 비로소 슬쩍 비치는 신이기에, 그의 이야기에서 신의 낌새가 느껴지면 그것은 인간의 조건이 어떤 한계에 이르렀다는 표시라는 느낌으로 기울게 된다. 즉 그 한계점에서 작품의 시선은 신을 향하는 것이 아니라 되돌아 인간을 보는 것이다. 그럼에도 그렇게 멀리 나아간 곳에서 말하자면 신의 시점으로 인간을 돌아볼 때는 일상을 영위하는 익숙한 이곳이 많이 달라 보일 듯하다. 무엇보다 일상의 모든 것으로 보이던 무거운 규범과 문명이 마치 어떤 재앙이 일어나고 난 뒤인 듯 아주 가벼워 보일지도 모른다. 『신의 아이』에서도 이야기의 공간은 테네시주의 서비어빌(실제 존재하는 장소로 매카시가 젊은 시절 살았던 곳이기도 하다)이지만, 작품을 읽다보면 이곳이 마치 인류가 에덴에서 추방당한 이후 인간이 되는 과

정을 배워나가던 성경 구약의 한 공간인 듯한 느낌이 든다. 아닌 게 아니라, 이야기 자체도 구약의 한 에피소드라고 받아들이면 오히려 이것저것 잘 들어맞을 것 같은 느낌이다. 실제로 옮긴이는 매카시의 작품을 읽을 때마다 그가 성경, 특히 신약의 규정에서 벗어난 구약의 영향 아래 있는 작가라는 느낌이 짙어져간다.

주제나 내용만이 아니라 이야기의 전개 방식도 소설의 기존 관습과는 사뭇 다르다. 예를 들어 앞서 인용한 "아마도 당신과 다를 바 없을 하느님의 자녀"라는 말도 누가 한 말인지 분명치가 않다. 애초에 이 이야기는 단독 서술자라는 개념 자체가 존재하지 않는다. 당연히 시점 자체도 왔다갔다하며, 문장도 이게 시인지 산문인지 헷갈릴 때가 있다. 게다가 지극히 시적인 묘사가 지극히 '비인간적'으로 보이는 인물과 결합되어 있을 때는 묘한 현기증까지 찾아온다. 따라서 이 이야기를 구약의 에피소드처럼 기존 소설과는 다른 벗어난 이야기로 받아들일 때 보이는 게 더 많듯이, 이야기를 하는 목소리도 기존의 관습적인 틀에 얽매이지 않고 흘러가는 대로 그냥 받아들일 때 들리는 게 더 많을 듯하다. 이 작품이 나온 1973년 무렵 나이 마흔이던 매카시 또한 관습에 얽매이지 않고 살고 있었다. 물론 관습에 얽매여 사는 소설가라는 표현이 모순어법처럼 들릴지도 모르지만, 매카시는 그런 소설가들 가운데도 왠지 고행자 같은 느낌을 줄 만큼 별난 데가 있었던 듯하다. 게다가 과작이라, 『신의 아이』는 이십대 중반부터 소설을 쓰기 시작한 매카시의 세번째 장편이다. 그러나 앞에서 말했듯이 그의 소설은 이미 독자적인 세계를 확고하게 구축한 것으로 보인다. 물론 그 세계가 널리 '인정'을 받은 것은 이십 년이 더 지나 예순이 다 되었을 때의 일이지만.

정영목

지은이 **코맥 매카시**
1965년 첫 소설 『과수원지기』로 문단에 데뷔했으며, 주요 작품으로는 『로드』 『선 셋 리미티드』 『신의 아이』 『노인을 위한 나라는 없다』 등이 있다. 평단과 언론으로부 터 코맥 매카시 최고의 작품이라고 평가받은 『로드』는 2007년 퓰리처상을 수상했다. 2023년 89세를 일기로 세상을 떠났다.

옮긴이 **정영목**
서울대학교 영문학과를 졸업하고 동 대학원을 졸업했다. 전문번역가로 활동하며 현재 이화여대 통역번역대학원 교수로 재직중이다. 지은 책으로 『완전한 번역에서 완전한 언어로』 『소설이 국경을 건너는 방법』이 있고, 옮긴 책으로 『로드』 『선셋 리미티드』 『바르도의 링컨』 『말 한 마리가 술집에 들어왔다』 『새버스의 극장』 『미국의 목가』 『에 브리맨』 『울분』 등이 있다. 『로드』로 제3회 유영번역상을, 『유럽 문화사』로 제53회 한 국출판문화상(번역 부문)을 수상했다.

문학동네 세계문학

신의 아이

1판 1쇄 2021년 10월 4일 | 1판 2쇄 2023년 6월 30일

지은이 코맥 매카시 | 옮긴이 정영목
책임편집 윤정민 | 편집 홍유진 이희연 이현자 | 디자인 윤종윤 이원경
저작권 박지영 형소진 최은진 서연주 오서영
마케팅 정민호 김도윤 한민아 이민경 안남영 김수현 왕지경 황승현 김혜연 김하연
브랜딩 함유지 함근아 박민재 김희숙 고보미 정승민 배진성
제작 강신은 김동욱 임현식 | 제작처 천광인쇄사(인쇄) 신안문화사(제본)

펴낸곳 (주)문학동네 | 펴낸이 김소영
출판등록 1993년 10월 22일 제2003-000045호
주소 10881 경기도 파주시 회동길 210
전자우편 editor@munhak.com | 대표전화 031) 955-8888 | 팩스 031) 955-8855
문의전화 031) 955-1927(마케팅) 031) 955-2634(편집)
문학동네카페 http://cafe.naver.com/mhdn
인스타그램 @munhakdongne | 트위터 @munhakdongne
북클럽문학동네 http://bookclubmunhak.com

ISBN 978-89-546-8224-4 03840

www.munhak.com